POTIONS, POISON, AND PUMPKIN SPICE

Mystic Inn Mysteries

STEPHANIE DAMORE

Chapter 1

"Look, but don't look," my best friend and owner of Spellbinding Books said to me.

I glanced over Misty's shoulder out her shop's front window.

"Oh, I thought it was going to be something good." I flicked my gaze away from the new journalist in town. The man's thin lips were pulled down in his ever-present frown. Mr. Haggerty, nicknamed David the Downer by our town's troublesome twins, Sabrina and Beatrice, lifted his clipboard and began furiously scribbling as he critiqued Village Square's decor for his upcoming article on our enchanted town.

Shop owners had decorated the outdoor shopping district with oversized pumpkins, bales of hay, and brightly potted mums. Clemmie had added orange twinkle lights and red and yellow garland made out of leaves to her tea house's display window.

Misty had opted to hire a local muralist to paint a fall scene on her window. Orange and red leaves appeared to fall whimsically into a pile on the ground while a black cat swatted at them in the air.

Next door, Heather had lined the walkway to the diner with solar lanterns. The light inside flickered like a flame after darkness fell.

Mr. Haggerty squatted down and eyed the lanterns like a golfer did when analyzing a putt. He tilted his head.

Misty copied the motion. "Is he seeing if they're in a straight line?" she looked at me incredulously.

"I have no idea what he's doing," I confessed.

Mr. Haggerty stood abruptly and was forced to move off the sidewalk as Chippy Dippy, our resident ice cream man, came strolling down the sidewalk with his ice cream cart.

Dippy used to have a storefront at Village Square until he decided it was too restricting, and he'd rather push an ice cream cart around. When I asked him about it, he said he liked changing his view, and besides, he had just gotten a fitness tracker. He was on a mission to see how many steps he could take in a single day.

Mayor Parrish walked through the door moments later and came to a screeching halt.

"What is this?" she motioned to the front book

display. "True crime? Oh, no, no. This simply won't do. You have to change this. What if Mr. Haggerty sees it? He surely won't approve of such displays of violence."

"I don't think he approves of anything," Misty replied dryly.

Mayor Parrish ignored my best friend's comment. Instead, she rounded on me, "And you."

I took a step back.

"Thelma is in town still, is she not?"

"Er, yes?" I replied more as question versus a statement. I wasn't sure where the mayor was going with her train of thought regarding my aunt, and I wanted to keep my excuses open.

"Then why in the world does the inn look so shabby?"

"Shabby?"

"Two mums? That's all the decorations you have to highlight this town's bicentennial celebration. Two mums! You're not short-staffed, and the town has been doing quite well for itself, I must add. The inn should not be hurting for money. Surely, you have a decorating budget."

Decorating budget? How many businesses had a decorating budget? That's what I wanted to say, but instead, I replied, "Oh, I was going for understated elegance."

"Nothing about this weekend can be understated. Must I remind you that Silverlake is up for the prestigious Best Fall Getaway Award from *Witch Reader's Magazine*? We will not lose to the snooty town of Fallspell again. Do you hear me?"

Misty and I looked at one another before quickly agreeing with the mayor.

"Now see to it the inn looks freshened up and get rid of this display. How about you showcase something more cheerful? Or better yet, highlight the town's rich history." Mayor Parrish left with a flourish after that, not bothering to say goodbye.

"I think she's officially lost her mind," Misty replied.

"I think she's just stressed."

"I get that she wants to win, but I don't think it's going to happen. Did you hear what happened at the tavern last night?"

"No. Haven't you learned by now that I never know what's happening? I rely on you and Clemmie to fill me in."

"Forget I asked. All you need to know is Mr. Haggerty got a little tipsy on fire whiskey, and next thing you know, the journalist was running his mouth about how pathetic our town is."

"Are you sure? He doesn't even look like the drinking type." I eyed Mr. Haggerty through the window and watched him adjust the buttons on his cuff links.

"He said our town was driving him to drink." Misty raised her eyebrows.

"Why would he say such a thing?"

"I guess he's not too happy with his editor for sending him here. He was supposed to go to the Wine Country." Misty mimicked Mr. Haggerty's snooty attitude as she said the last part. "The man better hope it doesn't rain because with his nose so far up in the air, he's sure to drown."

I laughed because it was true. Mr. Haggerty was staying at the inn, and I'd lost count of how many times he'd called down to the front desk. Last time, he requested spring water ice cubes and warm bath towels. Apparently, the ice machine and standard bathroom towels weren't adequate.

"And then Amber was there," Misty rolled her eyes, referring to my high school arch-enemy and local deputy. "She wanted to arrest him on the spot for being disrespectful."

"Of course she did."

"And you know you can't do that. Freedom of speech and all that, but it took Craig Daniels seeing Mr. Haggerty home to get Amber to back off."

I shook my head. Mr. Haggerty was lucky the tavern owner was there to call Amber off. Amber and her daddy, the sheriff, were always the type to arrest first and ask questions later.

"Do you think Amber will ever learn?" I asked.

"Probably not. But we can keep hoping." Misty eyed her true crime display once more. "Guess I better get to rearranging these books."

"Want some help?"

"No, that's okay. I'm only going to switch tables. After this weekend, these books are back to center stage."

"Nice. I guess I better get going, then. I'm going to walk over to Roger's and see what other fall flowers he has in stock." Roger was married to my good friend, Diane. He always had beautiful arrangements. We had already pulled the geraniums out of the window boxes, and I guess if I thought about it, it did make the front of the inn look rather dull. At the time, I had felt the surrounding fall foliage made up for the inn's bare exterior, but maybe Mayor Parrish was right. There was no harm in stopping by the flower shop and seeing what Roger could do.

Chapter 2

I said goodbye to Misty and headed out the bookshop's back door, picking up the flagstone path that connected the shops of Village Square. As I walked, I couldn't help but pick up on the town's cozy atmosphere. All around me, locals greeted one another and offered the same warm smiles to visitors as they opened their shop doors or passed one another on the sidewalk. Bright-colored orange and red leaves floated down from the trees as a soft breeze rippled through the air. And when the direction was just right, you could smell the wood smoke filter across the lake from the campground. Fall could be hit or miss down south, but this year's proved to be unseasonably cooler. It was a welcome respite from the sweltering summer heat. I tucked my long cable-knit blue sweater across my body and folded my arms across my chest to keep it closed.

"Morning, where you off to?" My aunt's best friend, Clemmie, hollered from her tea shop. She was out front sweeping the leaves off of her porch.

"Headed to see Roger about some flowers," I hollered back.

"Woo-ee! Does this mean you're getting married?"

I smiled and shook my head. It was no secret that Vance and I were engaged, but we hadn't set a date for the wedding. "No, not yet. I need some new plants or flowers for the front of the inn." I motioned with my head toward the general direction of Mystic Inn.

Clemmie waved my comment away with one hand while the other hand held onto the broomstick. "Tell Mayor Parrish you don't have time for her nonsense." Clemmie knew exactly where the suggestion had come from.

"Maybe next time," I added over my shoulder as I picked up my pace. The town had several events planned for the bicentennial celebration. Tonight was a parade. It ended at the high school where there'd be a bonfire and an outdoor carnival. Tomorrow night was the formal gala where Silverlake was going to unveil our famous sapphire that gave our town its magical protection. Finally, the town would come together on Sunday for a chili cook-off and picnic. Mayor Parrish had wanted something fancier, but her constituents won out in the end, and she was forced to concede. Vance was adamant he would win, as were Clemmie, Mr. McCormick, and my friend Luke, the candy maker. In fact, everyone I knew who was entering thought they had the best chili recipe. I was happy I wasn't judging the contest. I'd much rather be a taste tester.

I walked through the flower shop's front door and was immediately greeted by the overpowering sweet scent of fresh-cut flowers mixed with something spicier. Identifying the exact scent was quickly forgotten when I took in the dozens of centerpieces filling every available counter space in Roger's small shop. The centerpieces weren't large. You could easily carry them with two hands. But they were striking. In the center was a rich black orchid with bold red centers. Pops of orange, red, and yellow from additional flowers played off one another, creating a magical fall centerpiece all housed in a shallow glass base. I mindlessly walked over to the centerpieces and took a closer look, completely entranced with their beauty.

"Roger, these are gorgeous," I said over my shoulder as he came out from the back with more of the orchids. "The mayor must love them."

"You would think so, but she asked that I make them taller." Roger sighed as if that was the last thing he wanted to do.

"Taller? I wouldn't change a thing. I hate when people make centerpieces so tall that it's impossible to talk across the table. These are the perfect height, and they look amazing. You are so talented."

"Thank you, Angelica. After today, it's nice to hear someone say so."

"Don't feel too bad. Mayor Parrish critiqued the inn as well. That's why I'm here. Do you have any idea of what I could put in the front plant boxes to give the inn a bit of a fall face-lift? And I'm thinking it better not be mums, or who knows what Mayor Parrish might do."

"She didn't threaten you with an engorgement charm, did she?" Roger asked.

"She threatened you?"

"Not me, but the centerpieces. I'm thinking about waiting until later tomorrow to deliver them when she's too busy fussing about something else to give me too much grief."

"That's not a bad plan." I'd probably wait until the last minute to deliver them too.

"Now, about your flower boxes. I have some smaller arrangements in the refrigerator I put together for the hospital. I designed them to grow in the basket, but what I think you should do, is go pay a visit to Mike McCormick."

I knew Mr. McCormick very well. He was one of Silverlake's most active town council members, and his daughter Molly and I had gone to school together. He was a great guy, and he also happened to own the town's greenhouse. "I stopped by his

Im Notfall

Weitere Bücher von Keira Andrews

In deutscher Sprache

Kalter Krieg
Im Notfall
Jenseits des Ozeans
Geisel des Piraten
Codename: Valor
Testphase Valor

In französischer Sprache

Kidnappé par un pirate
Un Daddy pour Noël
Un faux petit ami pour Noël
Lune de miel en solitaire
Huit Nuits en Décembre
Quand l'amour brille de mille feux…
Transfert à Ottawa
Au Pied du Sapin
Par-delà l'océan
Si ce n'est qu'un rêve
Rumspringa Interdit
Un Nouveau Départ
Trouver son Chez-soi
Le Voeu de Noël
Passion en Arctique
Vaincre les Ténèbres
Combattre la Marée

In italienischer Sprache

Fuoco nel ghiaccio
Luna Di Miele Per Single
Il Patto Di Natale
Rapito dal Pirata
Segni d'intesa
In Capo Al Mondo
Beyond the Sea (Edizione italiana)
Sogno di Natale
The Next Competitor (Edizione italiana)
Valor on the Move (Edizione italiana)
Test of Valor (Edizione italiana)
Contro La Tenebra
Contro La Marea
Rise: Una favola gay
Una Passione Proibita
Una Nuova Vita
La Strada Verso Casa

In englischer Sprache

Contemporary

Honeymoon for One
Beyond the Sea
Ends of the Earth
Arctic Fire
The Chimera Affair

Holiday

The Christmas Deal
The Christmas Leap
Only One Bed
Merry Cherry Christmas
Santa Daddy
In Case of Emergency
Eight Nights in December
If Only in My Dreams
Where the Lovelight Gleams
Gay Romance Holiday Collection
Lumberjack Under the Tree (free read!)

Sports

Kiss and Cry
Reading the Signs
Cold War
The Next Competitor
Love Match
Synchronicity (free read!)

Gay Amish Romance Series

A Forbidden Rumspringa
A Clean Break
A Way Home
A Very English Christmas

Im Notfall

VON KEIRA ANDREWS

Originaltitel: In Case of Emergency
Autorin und Herausgeberin: Keira Andrews
Übersetzer: Feliz Faber
Cover von Dar Albert

ISBN: 978-1-988260-83-9

Danksagung

Ich danke Leta Blake und Davina Jamison für ihre unschätzbar wertvolle Hilfe bei dieser Novelle.

Widmung

Für alle, die die Weihnachtszeit genauso sehr lieben wie ich. Mögen eure Glöckchen klingen und eure Winter ein Wunderland sein.

Kapitel Eins

D ANIEL WUSSTE NICHT, auf wieviele Arten er es noch sagen sollte, aber er versuchte es ein weiteres Mal. „Ich kenne keinen Nicholas Smith."

Die Frau am anderen Ende der Telefonleitung war ziemlich hartnäckig. „Spreche ich denn nicht mit Daniel Diaz?" Sie rasselte seine Telefonnummer herunter.

Daniel nahm für einen Moment das Handy vom Ohr und warf einen Blick auf das Display. Dort stand eindeutig „Carleton University". War das irgendein Studentenstreich? Wer machte schon heutzutage noch Telefonstreiche? Er sagte: „Ja, die Nummer stimmt, aber das muss ein Irrtum sein."

„Aber Sie *sind* doch Daniel Diaz, oder etwa nicht?"

Er seufzte. „Ja, aber wie gesagt, ich kenne keinen Nicholas Smith." Uff, er wollte einfach nur nach Hause, um packen und wieder losfahren zu können. Er wollte wirklich und wahrhaftig *Urlaub* machen. Mit seinem neuen Vielleicht-hoffentlich-bald-Freund. *Was auch katastrophal schiefgehen könnte.* Sein Magen krampfte sich zusammen, aber er verdrängte das ungute Gefühl, als die Frau weitersprach.

„Es tut mir wirklich sehr leid, dass ich Sie belästigen muss, aber er ist einer unserer Studenten. Er hatte einen Unfall. Ihr Name ist unter dieser Telefonnummer als sein Notfallkontakt aufgeführt."

„Ich weiß nicht, was ich sagen soll. Ich habe keine Ahnung, wer dieser Typ ist." Er schaltete die Scheibenwischer eine Stufe höher, und sie quietschten ein bisschen schneller, um den nassen Schnee auf der Windschutzscheibe zu beseitigen.

Der Verkehr kroch auf der matschigen 417 Richtung Kanata dahin, ein Meer von roten Lichtern in der Dunkelheit des Dezemberabends. Normalerweise kam Daniel erst nach acht nach Hause und entging somit der Rushhour. Gewöhnlich hätte er den Anruf während der Fahrt ignoriert, doch bei fünf km/h hatte er Telefonieren für ungefährlich gehalten. Er hätte schon längst auf Bluetooth umstellen sollen, aber der Großteil seiner Kommunikation lief sowieso über SMS, sogar beruflich. Der einzige Mensch, der ihn heutzutage noch anrief, war seine Mutter –

„Ach du Scheiße", murmelte er und umklammerte das Lenkrad fester, spürte die Wärme des beheizten Leders unter seinen Fingern.

„Ähm, wie bitte?"

„Tut mir leid. Mir ist nur gerade etwas eingefallen. Ist das *Cole* Smith? Unsere Eltern waren mal verheiratet, so ungefähr fünf Minuten lang. Ist schon ewig her. Aber vor ein paar Monaten hat meine Mutter mal erwähnt, dass er nach Ottawa ziehen wollte. Aufbaustudium oder sowas."

„Ja, Nicholas Smith ist für den Masterstudiengang Umweltingenieurwesen bei uns eingeschrieben."

„Warum zum Teufel sollte er mich als Notfallkontakt angeben? Wir haben seit Jahren nicht mehr miteinander gesprochen." Er rechnete kurz nach. „Seit zehn Jahren."

„Nun, das weiß ich auch nicht. Aber er liegt im Krankenhaus, und da müssen wir seinen Notfallkontakt informieren. Das wären dann offensichtlich Sie, Mr. Diaz."

Die Frau klang nicht besorgt, also konnte es nicht allzu schlimm sein, aber… „Er ist okay, oder? Es ist doch nichts Ernstes?" Er konnte sich kaum an den streberhaften kleinen Cole mit den knubbeligen Knien erinnern, aber er wünschte ihm auch nichts Schlimmes.

„Ich weiß nur, dass Nicholas bei einem Unfall verletzt wurde, und dass jemand einen Krankenwagen gerufen hat. Aber nein, ich glaube nicht, dass es um Leben und Tod geht. Allerdings schließt der Campus jetzt für die nächsten drei Wochen, und ich vermute, Nicholas' Kommilitonen sind alle schon weg. Sie sind der einzige Ansprechpartner, den wir haben."

Mist, Scheiße, Scheiße. Als der Verkehr komplett zum Erliegen kam, schloss er für einen Moment die Augen und rieb sich mit Daumen und Zeigefinger die Nasenwurzel.

„Ich nehme an, es liegt bei Ihnen, ob Sie in die Notaufnahme kommen oder nicht."

Daniel stöhnte innerlich. Er musste noch packen und ein paar Einstellungsberichte fertig schreiben, obwohl das Büro jetzt über die Feiertage geschlossen hatte. „Gott, ich hasse Krankenhäuser."

„Tut das nicht jeder, Mr. Diaz?"

Sie hatte nicht Unrecht, und das schlechte Gewissen traf ihn wie ein Schlag in die Magengrube. „Welches Krankenhaus?"

Natürlich lag es in der Richtung, aus der er gerade kam, und bei dieser Stoßstange-an-Stoßstange-Prozession würde er bis zur nächsten Ausfahrt gut zehn Minuten brauchen. Nachdem er aufgelegt hatte, rief Daniel sofort seine Mutter an. Sie hob nach dem dritten Läuten ab, und er sagte: „Hey, Mom. Hör mal, ich habe gerade einen komischen Anruf gekriegt, dass ich ins Krankenhaus muss."

„Was? Bist du krank?" Ihre Stimme schraubte sich in Höhen, die nur noch Hunde hören konnten.

„Nein, nein. Mir geht's gut. Mom? Hör mir zu. Ich bin hundertprozentig in Ordnung. Es geht um Nicholas Smith. Ist das nicht der Sohn von deinem Ex?" Nicht, dass „Ex" es eingegrenzt hätte. „Cole?", fügte er hinzu.

Sie schnappte hörbar nach Luft. „Ist er verletzt? Was ist passiert?"

„Das weiß ich noch nicht. Ich bin gerade unterwegs. Die Uni hat mich angerufen, weil er auf dem Campus einen Unfall hatte. Weißt du vielleicht, warum er mich als Notfallkontakt angegeben hat?"

„Weil ich es ihm geraten habe, Liebling. Er kennt sonst niemanden in Ottawa."

„Ähm, *mich* kennt er auch nicht! Ich habe ihn schon ewig nicht mehr gesehen." Nicht mehr, seitdem die Ehe zwischen Coles Vater und Daniels Mutter nach nur sechs Monaten wieder in die Brüche gegangen war. Wie nicht anders zu erwarten, da sie beide geheiratet hatten, um sich über den Verlust eines anderen Partners hinwegzutrösten.

„Natürlich kennst du ihn. Er gehört zur Familie. Ach herrje, was meinst du, was passiert ist? Hoffentlich ist es nichts Schlimmes."

„Bestimmt nicht, da bin ich mir sicher. Reg' dich nicht auf." Er drückte den Heizungsregler am Armaturenbrett des Audis und drehte die Temperatur niedriger. „Und Mom, er gehört *nicht* zur Familie."

„Man lässt sich nicht von Kindern scheiden, Daniel."

„Das hast du aus *Clueless*, oder?"

Sie schniefte. „Es trifft trotzdem zu."

Daniel hatte nicht vor, sich deswegen mit ihr zu streiten. „Wie gefällt es dir in Puerto Vallarta?"

„Göttlich! Ich habe schon vier Mango-Margaritas getrunken, und es ist noch nicht einmal Abend. Ich wünschte, du könntest herkommen, Schatz. Es kommt mir nicht richtig vor, Weihnachten ohne dich zu verbringen."

„Mom, du weißt doch, dass wir uns im neuen Jahr sehen. Außerdem ist das ein Mädels- Trip mit deinen Freundinnen. Keine Männer erlaubt, schon vergessen?"

„Ja, stimmt. Und wenigstens nimmst du dir wirklich einmal frei – obwohl ich weiß, dass du das nicht getan hättest, wenn es nach dir gegangen wäre. Gott sei Dank glaubt Martin an Work-Life-Balance. Du musst von deinem Boss lernen, Schatz."

Martin Bukowski, der Chef von AppAny, bestand darauf, beim Vornamen genannt zu werden, trug Flipflops im Januar in Ottawa und hatte eine riesige Röhrenrutsche zwischen den Stockwerken der Firmenzentrale installieren lassen. Die Arbeit selbst – Apps für kleine Unternehmen zu erstellen – war eigentlich ziemlich konservativ. Viel Back-End Web-Entwicklung und dergleichen. Aber Martin hatte beschlossen, seine Firma trendig und cool zu machen, mit Spielplätzen als Büros, flexiblen Arbeitszeiten und einer Belegschaft, deren Durchschnittsalter bei fünfundzwanzig lag.

„Apropos Work-Life-Balance, Cole ist ein reizender junger Mann. Vorausgesetzt, es geht ihm gut – und ich bete, dass es so ist – könntest du vielleicht in den nächsten paar Monaten ein bisschen Zeit mit ihm verbringen? Er fühlt sich bestimmt einsam, so ganz allein in einer fremden Stadt."

„Ich habe kaum Zeit, mich mit meinen eigenen Freunden zu treffen. Und schon gar nicht für irgendeinen Kerl, den ich kaum kenne." Er hatte endlich die Ausfahrt erreicht und schlug einen Bogen, um auf der anderen Seite wieder auf den Highway Richtung Ottawa zu kommen. Wenigstens war auf dieser Seite der Verkehr nicht so dicht.

„Wie ich immer sage: Du arbeitest zuviel."

Er verdrehte die Augen. „Ja, ja. Mom, ich muss jetzt auflegen. Ich kann beim Fahren nicht telefonieren. Ich sage dir Bescheid, was mit Cole ist, sobald ich kann. Hab' dich lieb."

„Ich dich auch, mein Liebling."

Er hatte schon tausendmal gehört, dass er zu viel arbeitete, aber sie verstand nicht, wie wichtig ihm dieser Job war. Nicht viele Achtundzwanzigjährige brachten es zum Personalleiter. Na schön, er war einer von drei Personalleitern, die bei AppAny unter einem Vizepräsidenten arbeiteten, aber es war trotzdem eine Leistung.

Dann arbeitete er eben verdammt hart, na und? Wie konnte das etwas Schlechtes sein? Und er hatte schließlich Urlaub genommen, oder etwa nicht? Sogar in letzter Minute!

Daniel dachte sehnsüchtig an den Whirlpool, der auf ihn wartete, im Freien und angeblich mit Aussicht auf die Berge und einen gefrorenen See. In Mont-Tremblant in Quebec lag bereits ein halber Meter Schnee, und es wäre wunderbar, sich mit einem Glas Merlot im heißen Wasser einzukuscheln. Oh, und mit Justin. Richtig.

Mit einer Mischung aus Aufregung und Beklommenheit dachte er an den offenherzigen, spontanen Justin. Wie gut er aussah mit seinem rötlichblonden Haar, den blauen Augen und seinem Mund, der einfach nie still hielt – in mehr als einer Hinsicht. Daniel plante normalerweise gern lange im Voraus, aber Justin liebte den Nervenkitzel, Dinge spontan zu tun. Und so hatte Daniel dank einer Absage kurzfristig ein ganzes Chalet für sie gemietet. Mit ihm konnte man auch Spaß haben, verdammt.

„Das wird super", murmelte er. „CYC."

Seine Freundin Pam hatte ihn geradezu angefleht, mit ihr auf einen Selbsthilfe-Workshop namens *Change your Cadence – Ändere deinen Rhythmus* zu gehen. Natürlich hatte er anfangs rundweg abgelehnt. Er versuchte, sich sonntags nichts vorzunehmen, um zu kochen und die seichten Fernsehserien anzuschauen, die er aufgenommen hatte. Sich mit einem Haufen unzufriedener Menschen in den Ballsaal des Kanata Best Western Hotels zu quetschen und einem selbst ernannten Guru, der ihr Leben zu ändern versprach, hundert Mäuse zu bezahlen, erschien ihm alles andere als reizvoll.

Doch dann hatte Pam mit Tränen in den Augen geflüstert, dass sonst niemand mitkommen wollte. Sie und ihre Frau, Christine – mittlerweile Exfrau – hatten in der Eigentumswohnung neben Daniels Mietwohnung gelebt, wo er ein paar Jahre lang gewohnt hatte, ehe er in sein neues Haus gezogen war.

Pam war immer so stoisch und praktisch gewesen,

das Yin zu Christines flatterhaftem, übermäßig gefühls-
betontem Yang. Als die Ehe in die Brüche ging, hatte
Christine bei der Scheidung die meisten ihrer Freunde
mitgenommen, und Pam hatte mit dreiunddreißig noch
einmal ganz von vorn anfangen müssen.

Daniel hatte sie noch nie zuvor weinen sehen, daher
war er natürlich mitgekommen. Die Rednerin war eine
ehemalige Marine-Unteroffizierin aus den Staaten, die
sich eine neue Karriere aufgebaut hatte, nachdem sie in
Afghanistan angeschossen und dann im selben Monat
von ihrem Versager von Ehemann verlassen worden war.
Ihre Philosophie war nicht unbedingt bahnbrechend –
*wenn das, was du tust, nicht funktioniert, probiere etwas
anderes* – aber ihre Vortragsweise zog einen in ihren
Bann.

Als die anderen Teilnehmer – hauptsächlich Frauen,
aber auch ein paar Männer – während einer der Übun-
gen herumgehüpft und –gewirbelt und sogar über den
weinrot und grau karierten Teppich gekrochen waren
und buchstäblich ihren Rhythmus geändert hatten, war
Daniel stocksteif auf seinem Platz sitzen geblieben.

Aber Sergeant Beckys Botschaft war ihm ins Bewusst-
sein gedrungen – er hielt Gehirnwäsche immer noch
nicht für ausgeschlossen – und später, nachdem der
Workshop vorbei war, ertappte er sich oft bei dem

Versuch, seinen Rhythmus zu ändern.

Wie mit diesem Trip.

Er war sich nicht sicher, wieviel er und Justin gemeinsam hatten, aber beim Kuscheln im Whirlpool in Mont-Tremblant würde er Gelegenheit haben, das herauszufinden. Vor CYC wäre Daniel nie bereit gewesen, mit einem so … quirligen Menschen wie Justin auf ein Date zu gehen, geschweige denn, eine Woche lang mit ihm zu verreisen. Und er wäre definitiv nie mit jemandem aus der Abteilung ausgegangen, die er leitete. Glücklicherweise unterstand Justin einem der anderen Direktoren.

Außerdem war Justin offensichtlich hingerissen von Daniel; er stand auf ihn und schämte sich nicht, das auch zu zeigen. Wie lange war es her, seit sich jemand auf diese Art für ihn interessiert hatte? Es war schon viel zu lange her, seit Daniel überhaupt willens gewesen war, sich mit jemandem einzulassen.

Ich frage mich, wie Trevor Weihnachten feiert.

Daniel verzog das Gesicht und versuchte, die Erinnerungen zu verscheuchen, bei denen ihm hundeelend wurde. Er war in den letzten paar Jahren einfach zu *beschäftigt* gewesen für eine neue Beziehung. Okay, in den letzten *sechs* Jahren. Aber das änderte er ja gerade, nicht wahr? CYC. Er hatte sich dafür entschieden, einiges anders zu machen, und damit basta.

Mit einem Daumendruck auf den Knopf am Lenkrad schaltete er das Radio ein, und ein widerlich fröhliches Weihnachtslied von Mariah Carey schallte durch das Auto. Er hob den Daumen, um den Sender zu wechseln, tat es dann aber nicht, um sich zu beweisen, wie aufgeschlossen er war.

Im vergangenen Monat hatte Justin ihm im Büro unermüdlich nachgestellt. Er arbeitete in der Marketing-Abteilung von AppAny als Grafik-Designer und kam frisch von der Kunstakademie. Justins Avancen waren schmeichelhaft, und obwohl Daniel ihn wieder und wieder zurückgewiesen hatte, konnte er nicht leugnen, dass es Spaß machte, von jemandem angebaggert zu werden. Natürlich hatte Daniel darauf bestanden, dass sie im Büro strikt professionell blieben.

Bis auf das eine Mal letzte Woche, als Justin ihm auf dem Parkplatz im Audi einen geblasen hatte.

Normalerweise hatte Daniel seine sexuellen Bedürfnisse ganz gut selbst im Griff – sozusagen. Aber es war ein besonders langer Tag gewesen und der Parkplatz war fast leer. Justin hatte so nett gelächelt und praktisch darum gebettelt, ihm einen blasen zu dürfen. Daniel hatte nicht widerstehen können. CYC und so weiter.

Sie hatten sich bisher noch nicht einmal geküsst, aber

jetzt würden sie in dieser Berghütte eine ganze Woche Zeit haben, um sich kennenzulernen. Nachdem Daniel die Sache mit Cole erledigt hatte. Er nahm die Ausfahrt zum Krankenhaus, wo in der Ferne bereits das große blau-weiße Neon-H auf dem Hauptgebäude winkte. Was, wenn Cole wirklich schwer verletzt war?

„Scheiße", murmelte er. Es war das letzte, womit er sich jetzt befassen wollte, aber er musste sich ja wenigstens vergewissern, dass sein früherer Stiefbruder okay war.

Nachdem er ein Parkticket gezogen hatte, hob sich die Schranke und ließ ihn auf den Besucherparkplatz. Vor dem dunklen Himmel war das Betongebäude des Krankenhauses hell erleuchtet, und Daniel steckte die Hände in die Taschen seines knielangen Burberry-Mantels. Die Temperaturen lagen um den Gefrierpunkt, was für Ottawa im Dezember ziemlich mild war. Er hatte seine Daunenjacke noch nicht hervorkramen müssen, aber die würde er in die Berge mitnehmen.

Als er auf die Notaufnahme zuging, näherte sich Sirenengeheul, und bis er an der Tür war, wurde er von Rotlicht geblendet und musste aus dem Weg springen, als Sanitäter einen blutverschmierten Mann auf einer Trage hineinrollten und dabei etwas von ,*Kopfplatzwunde*' und ,*GCS 12*' brüllten.

Daniel folgte im Kielwasser der Trage und blieb im Neonlicht des abgegrenzten grauen Warteraums stehen, wo ihn ein Hustkonzert begrüßte. Eine Frau, die sich gerade die Lunge aus dem Leib hustete, so wie es sich anhörte, wiegte ein schreiendes Baby auf ihrem Schoß. Ein offenbar betrunkener Mann führte laute Selbstgespräche, und die Plätze neben ihm waren frei, obwohl sich in dem kleinen Bereich so viele Menschen drängten, dass einige an Wänden lehnten.

Desinfektionsmittel stach Daniel in die Nase, aber nicht genug, um den Gestank nach… ja, nach widerlich pinkfarbener Kotze zu überdecken, die gerade in einer Ecke aufgewischt wurde. Eine traurige kleine Weihnachtsdekoration in rot und grün hing am Empfangsschalter; ein Ende der Girlande schleifte auf dem Fußboden. Neben dem Computer der Angestellten stand ein Weihnachtsstern mit angegilbten Blättern.

Daniel wollte *nichts* anfassen.

Eine Frau mittleren Alters mit braun gefärbten Haaren, an deren Wurzeln drei Zentimeter Grau durchschimmerte, blickte auf, als er widerstrebend an den Schalter herantrat. „Kann ich Ihnen helfen?"

„Ja. Ich möchte zu Cole Smith? Nicholas, meine ich. Er wurde anscheinend heute Nachmittag mit dem Krankenwagen eingeliefert."

Sie tippte auf ihrer Tastatur herum. „Sind Sie ein Angehöriger?"

Um die Bürokratie zu vermeiden, nickte er und log wie gedruckt. „Er ist mein Bruder." Da er im Personalwesen arbeitete, wusste er, wie lange es dauern konnte, mit Datenschutzbestimmungen fertig zu werden.

„Er ist in Kabine sieben."

Daniel atmete auf. „Heißt das, er ist okay? Weil er nicht im OP ist oder so?"

„M-hm. Es geht ihm gut." Sie las von ihrem Monitor ab. „Gebrochene Hand. Leichte Gehirnerschütterung. Er ist zur Entlassung bereit."

Gott sei Dank. „Vielen Dank."

„Gern geschehen. Gehen Sie durch die Doppeltür rechts."

Das Geheul eines weiteren Kindes mischte sich mit dem Babygeschrei. Daniel erschauerte. „Geht es hier immer so zu?"

Die Frau grinste. „Nur bei Vollmond. Trallalitrallala."

Daniel lächelte sie an, dann folgte er ihren Anweisungen und stieß die Tür auf, die in die eigentliche Notaufnahme führte. Hier gab es einen weiteren Empfangstisch. Mit einem WUUSCH schloss sich die Tür hinter ihm und dämpfte gnädigerweise den Radau.

Eine junge Frau blickte auf, und Daniel fragte: „Kabine sieben?"

„Erster Flur links. Schauen Sie oben nach den Zahlen."

In dem langen, schmalen Raum piepsten Maschinen, und hinter einem der Vorhänge stöhnte jemand, aber sonst war es weitgehend still. Er hatte plötzlich das Gefühl, auf Zehenspitzen gehen zu müssen, obwohl seine Schuhe auf dem Linoleum kaum ein Geräusch machten. Einige Vorhänge waren zugezogen, andere waren offen und gaben den Blick auf die Patienten auf ihren Bahren frei.

Elektroden überzogen die hagere Brust eines älteren Mannes. Eine weißhaarige Frau, wahrscheinlich seine Ehefrau, saß neben ihm und hielt seine Hand. Sie blickte auf, als Daniel vorbeiging, und er warf ihr ein, wie er hoffte, mitfühlendes Lächeln zu. Sie erwiderte das Lächeln und blickte dann wieder auf den Mann hinab, der leise schnarchte.

Vorhang Sieben war zugezogen, und Daniel stand eine Zeitlang davor. Da er nicht anklopfen konnte, räusperte er sich schließlich und sagte: „Ähm... Cole? Bist du da drin?"

Kapitel Zwei

H*EILIGE SCHEIßE. DANIEL ?!?*

Cole hätte diese Baritonstimme überall wie-
dererkannt. Sie hatte seine Teenager-Fantasien genährt,
und selbst jetzt entfachte sie ein Feuer in seinen Adern
und weckte ein Flattern in seinem Magen. Daniel Diaz
war *hier*, ganz nah, nur durch einen hellblauen Vorhang
von ihm getrennt. Was zum Teufel machte er im
Krankenhaus? Woher konnte er wissen –

Natürlich. Claudia hatte Cole auf Facebook eine
Message geschickt, als er sich im Sommer an der Uni
eingeschrieben hatte.

*Glückwunsch zum Masterstudium! Wie aufregend! Hast
du gewusst, dass Daniel schon seit ein paar Jahren in
Ottawa lebt? Hast du seine Nummer? Ich gebe sie dir. Im
Notfall ist es immer gut, jemanden vor Ort zu haben, aber
du solltest ihn trotzdem mal anrufen! Er freut sich bestimmt*

riesig, von dir zu hören!

Cole war sich absolut sicher gewesen, dass es das letzte war, was Daniel wollte – schließlich hatte er schon damals nie Zeit für ihn gefunden, als sie noch im selben Haus gewohnt und sich ein Badezimmer geteilt hatten. Trotzdem hatte er Daniel auf dem Fragebogen der Uni als Notfallkontakt angegeben – eine alberne Kleinigkeit, die ihn zum Lächeln gebracht hatte. Er hatte nie und nimmer damit gerechnet, dass der besagte Notfall je wirklich eintreten würde.

„Hallo? Cole?"

Mist. „Äh, ja?" Seine Stimme kiekste bei der Frage – wie peinlich! – und er versuchte, sich mit der rechten Hand die Haare glattzustreichen, da er an der linken einen Gips trug. Er war sich sicher, dass seine Haare am Hinterkopf hochstanden, aber wenigstens hatte er sie letzte Woche schneiden lassen. Der obere Teil der Liege war schräg hochgestellt, und er setzte sich ein wenig aufrechter hin.

Der Vorhang wurde auf seiner abgerundeten Schiene zurückgezogen, und *heilige Scheiße*, da stand Daniel. Coles Kehle wurde trocken, und er blinzelte bei dem rattenscharfen Anblick, den er vor sich hatte. Er hatte Bilder in Claudias Facebook-Feed gesehen, aber leibhaftig war nochmal etwas ganz anderes.

Einsfünfundachtzig. Dunkle, glänzende Locken, kurzgehalten an den Seiten und oben etwas länger. Volle, rosige Lippen, und seine Hautfarbe war ein warmes Braun – fast golden. Er war tadellos gekleidet mit einem grauen Schal um den Hals und einem langen, dunklen Mantel, der eng um seine schlanken Hüften saß.

Ob er jetzt mehr Haare auf der Brust hat als damals mit achtzehn?

Daniel runzelte die Stirn. „Cole? Ich bin's, Daniel Diaz. Erinnerst du dich an mich?"

„Ja!" Er zuckte zusammen und senkte die Stimme. „Entschuldige. Ich bin ein bisschen daneben. Die haben mir was gegen die Schmerzen gegeben. Äh, hi. Es ist schön, dich wiederzusehen."

„Ja. Ist lange her. Hör mal, die Uni hat mich angerufen. Irgendwas von wegen ich wäre dein Notfallkontakt."

Coles Magen verkrampfte sich, und er schmeckte Galle. Mist. Warum hatte er bloß Daniels Namen angegeben? *Total bescheuert!*

Doch Daniel sagte nur: „Ich hab' mir Sorgen gemacht, aber offensichtlich bist du ja okay, oder?"

„Absolut. Sie haben darauf bestanden, einen Krankenwagen zu rufen. Mist, tut mir leid, dass sie dich belästigt haben." Daniel musste *stinksauer* gewesen sein.

Sein schmallippiges Lächeln war verkrampft. „Nein,

ist schon in Ordnung. Hauptsache, dir geht es gut. Das ist das Wichtigste."

Cole blinzelte. Daniel hatte ihn mehr oder weniger gehasst, als ihre Eltern verheiratet gewesen waren, aber jetzt war er ziemlich nett. Zugegeben, es war fast zehn Jahre her. Cole war trotzdem darauf gefasst, gleich eine spöttische Bemerkung zu hören. Oder schlimmer noch, ganz zurückgewiesen zu werden.

Einige Pflegekräfte kamen mit einer weiteren Bahre vorbei, diesmal mit einer schläfrig wirkenden alten Frau darauf. Daniel trat näher, um sie vorbeizulassen, sodass er jetzt neben Cole stand. Seine Augen hatten immer noch diese goldbraun-schokoladige Farbe, bei der Cole immer an Ferrero Rocher denken musste.

Daniels dunkle Augenbrauen zogen sich zusammen. „Hey, Mann, ist wirklich alles okay mit dir? Du kommst mir völlig weggetreten vor."

„Oh, nein, mir geht's gut!" Sein Schädel brummte, aber er nickte. „Es war echt blöd. Ich bin die Treppe raufgefallen. Ich meine, wer fällt schon die Treppe *rauf*? Nicht mal runter."

Ein Lächeln spielte um Daniels volle Lippen, ließ ebenmäßige, weiße Zähne aufblitzen. „Du warst schon immer ein Tollpatsch, wenn ich mich recht erinnere."

Dass er sich überhaupt an ihn erinnerte, brachte Cole

ganz aus dem Häuschen. Er lachte viel zu laut. „Ja. Bin ich.“

Daniel deutete mit einem Kopfnicken auf den Gips. „Du hast dir die Hand gebrochen? Na, wenigstens ist es nicht die rechte, hm?“

„Ja! Na ja, aber ich bin Linkshänder.“

„Oh. Mist.“ Daniel trat von einem Fuß auf den anderen. „Dann hast du also keine Freunde hier?“

„Doch, schon, ich habe an der Uni ein paar gefunden, aber die sind alle schon über die Feiertage nach Hause gefahren. Und einen Master zu machen ist nicht wie ein normales Studium. Viele arbeiten Teilzeit. Wir sind alle ziemlich eingespannt und können nicht jedes Wochenende Party machen. Jeder hat schon sein eigenes Leben.“ *Alle außer mir.* „Weißt du, was ich meine?“

„Alles klar. Verstehe.“

„Ja.“ Cole krümmte sich innerlich vor Verlegenheit. *Na los, sag‘ was Schlaues!*

„Keine Freundin, nehme ich an?“, fragte Daniel.

„Warum nimmst du das an?“ Es war dumm, beleidigt zu sein, aber die Abwehrhaltung bäumte sich trotzdem auf.

Daniel runzelte die Stirn – das schien sein Standard-Gesichtsausdruck zu sein – und zog seine dichten, wohlgeformten Brauen zusammen. „Weil deine Freundin hier wäre, wenn du eine hättest?"

„Oh. Das macht Sinn." Jetzt kam Cole sich einfach nur wie ein Idiot vor. „Ich hatte seit dem letzten Highschooljahr keine Freundin mehr." Er holte tief Luft. Schmetterlinge flatterten in seinem Bauch, obwohl es keinen Grund gab, nervös zu sein. „Ich habe mich während des Studiums geoutet. Ich bin auch schwul."

Daniels Augenbrauen schossen in die Höhe. „Oh! Das wusste ich gar nicht. Cool. Dann gibt's wohl auch keinen Freund."

„Ah-ah." Coles Wangen wurden heiß. Daniel musste ihn ja für einen totalen Versager halten. „Hat mir leid getan, das mit deiner Trennung von Trevor zu hören. Ist jetzt ja wohl schon eine Weile her."

Mit starrer Miene zückte Daniel sein Handy und sagte knapp: „Sechs Jahre. Eine Ewigkeit."

„Trotzdem, tut mir" –

„Wo ist dein Dad eigentlich heutzutage?"

Okay, Trevor war tabu. Gut zu wissen, obwohl er nur zu gern gewusst hätte, was schiefgelaufen war. Sie hatten immer wie das perfekte Paar gewirkt. Cole antwortete: „Lebt immer noch in Toronto, immer noch im selben Haus, aber im Moment ist er mit meiner Stiefmutter in Afrika auf Safari."

„Ah." Daniel grinste. „Die wievielte Frau ist das

jetzt?"

„Die vierte." Cole zuckte die Achseln. „Es ist, wie es ist."

„Ja, du sagst es. Meine Mom ist auch immer noch Serien-Monogamistin. Wenigstens hat sie die letzten paar Nieten nicht geheiratet. Was ist mit deiner Mom? Wenn sie dich sowieso Cole nennen wollten, warum haben sie dich dann Nicholas getauft?"

„Keine Ahnung. Ich würde sie fragen, aber sie ist tot."

Daniel erstarrte und seine Augen weiteten sich. „Shit. Das hatte ich wohl vergessen."

„Es ist sechs Jahre her. Autounfall."

„Oh. Tut mir leid. Das ist echt übel."

„Ja. Danke." Cole konnte inzwischen an sie denken, ohne zu weinen, was eine enorme Verbesserung gegen-über den ersten Jahren darstellte. Trotzdem wollte er sich nicht näher damit befassen, daher fragte er: „Ist dein Dad immer noch in Spanien?"

„Ja. Hat auch nicht vor, nach Kanada zurückzu-kommen. Er hat jetzt dort eine komplett neue Familie, deshalb. Du weißt schon." Daniel zuckte angespannt die Achseln. „Ich schreib' meiner Mom nur kurz eine SMS und geb' ihr Bescheid, dass du okay bist. Sie hat sich große Sorgen gemacht, als ich ihr gesagt habe, dass du im

Krankenhaus bist.“

Eine Welle warmer Zuneigung durchströmte Cole. „Es tut mir echt leid, dass ich ihr Sorgen bereitet habe. Claudia war immer wunderbar zu mir. Wir sind in Kontakt geblieben. Facebook und so.“ Ihm wurde ganz flau im Magen. „Ich hab‘ dir sogar eine Freundschaftsanfrage geschickt, als ich nach Ottawa gezogen bin.“

„Ach, wirklich?“ Ohne aufzuschauen tippte Daniel auf seinem Handy herum. „Ich war seit Monaten nicht mehr auf Facebook. Keine Zeit.“

„Ah, ja. Verstehe. Ist aber eine gute Möglichkeit, mit Leuten aus der Highschool in Kontakt zu blieben und so.“

Daniel blickte auf. „Da ich null Interesse daran habe, mit irgendwem aus der Highschool zu reden, habe ich da keinen Bedarf.“

Alles klar. Hatte wahrscheinlich auch was mit Trevor zu tun. Daniel und Trevor waren Co-Kapitäne der Hockeymannschaft gewesen und hatten sich im letzten Highschooljahr als Paar geoutet, was Cole damals ziemlich umgehauen hatte. Sie waren so *furchtlos* gewesen und als absolutes Power-Paar gemeinsam zum Studieren an die Western University gegangen. Cole brannte darauf, zu erfahren, was schiefgelaufen war.

Natürlich fragte er nicht, sondern sagte stattdessen:

„Tut mir leid, dass ich dich mit all dem hier belästige. Ich bin sicher, du hast am Freitag vor den Feiertagen was Besseres vor."

Daniel schaute stirnrunzelnd auf sein Handy, während seine Daumen über das Display huschten. „Ja, ich fahre nach Tremblant und treffe mich mit meinem… Quasi-Freund oder was auch immer. Wir haben für die Woche ein Chalet gemietet."

„Oh. Klingt toll." Wer auch immer dieser *„Quasi-Freund oder was auch immer"* war, Cole hasste ihn auf der Stelle für seine bloße Existenz. Was natürlich völlig unfair und kindisch war, aber er konnte seine Schwächen akzeptieren. „Es war echt cool von dir, dass du gekommen bist und nach mir geschaut hast. War schön, dich mal wiederzusehen."

Daniel steckte sein Handy in die Tasche und sagte: „Was? Oh ja. Auf jeden Fall. Ist lange her." Seine haselnussbraunen Augen hefteten sich auf Cole. „Du bist erwachsen geworden."

„Lang gewachsen, kurz geblieben, aber was will man machen?" Er rang sich ein Lachen ab. *Oh Gott, erschieß mich doch gleich.*

Bevor Daniel antworten und ihr peinliches Wiedersehen verlängern konnte, hastete draußen eine junge Ärztin vorbei und machte eine Vollbremsung. „Oh, gut, es ist doch jemand gekommen." Sie musterte Daniel und sagte: „Ich bin Dr. Hanratty. Nehmen Sie Mr. Smith mit nach Hause? Ist jemand die Verhaltenshinweise bei Gehirnerschütterungen mit Ihnen durchgegangen?"

Cole sagte: „Es geht mir schon viel besser. Mein Kopf tut kaum noch weh. Ich bin sicher, ich komme alleine klar." Er setzte sich auf, und wie um ihn Lügen zu strafen, wurde der pochende Schmerz stärker und eine Welle von Übelkeit ließ ihm den Speichel im Mund zusammenlaufen.

Dr. Hanratty schüttelte den Kopf, dass ihr roter Pferdeschwanz nur so flog. „Nein, Mr. Smith. Sie können nicht allein nach Hause gehen. Meiner Meinung nach ist es nur eine leichte Gehirnerschütterung, aber Sie sind mit dem Kopf auf Zement geknallt. Hirnblutungen können tückisch sein und schnell lebensgefährlich werden. Sie müssen die nächsten vierundzwanzig Stunden überwacht werden, um sicher zu gehen, dass die Symptome sich nicht verschlimmern. Ich werde Sie nicht entlassen, wenn Sie niemanden haben, der sich um Sie kümmert."

Die Vorstellung, umsorgt zu werden – und auch noch von Daniel Diaz – erfüllte Cole mit schmerzlicher Sehnsucht, aber er sagte: „Ich habe schon genug genervt. Daniel, mach dir mal keine Gedanken. Fahr nach

Tremblant. Hab eine tolle Zeit." Cole hatte sich bereits damit abgefunden, Weihnachten allein zu verbringen, in seiner Masterarbeit herumzustochern und sich ein paar Serien auf Netflix reinzuziehen. Er würde einwandfrei klarkommen.

Daniel schaute von ihm zu Dr. Hanratty und wieder zurück, offensichtlich hin- und hergerissen. „Hast du sonst niemanden in Ottawa, der helfen könnte?" Als Cole den Kopf schüttelte, sackten Daniels Schultern herab. „Schon okay. Ich kümmere mich um dich."

Coles Herz schlug höher, obwohl er beharrte: „Ganz im Ernst, ich brauche" –

„Jemanden, der für Sie sorgt", sagte Dr. Hanratty in einem Ton, der keinen Widerspruch duldete. „Sie haben eine gebrochene Hand und eine Gehirnerschütterung. Sie werden sogar Mühe haben, sich selbst etwas zu essen zu machen. Wir sind uns gar nicht bewusst, wie oft wir unsere Hände benutzen, bis uns eine davon sozusagen auf den Rücken gefesselt ist. Lassen Sie Ihren Freund helfen."

An Daniel gewandt fügte sie hinzu: „Sie müssen ihn heute Nacht alle zwei bis drei Stunden wecken. Stellen Sie ihm einfache Fragen: wie er heißt, welchen Tag wir haben, wer Premierminister ist. Achten Sie auf Veränderungen, wie verwaschene Sprache, Verwirrung, zunehmendes Schwindelgefühl. Er kann Paracetamol nehmen, aber kein Ibuprofen, Aspirin oder andere NSAR. Er muss viel trinken, und für ein bis zwei Tage keine zu schwere Kost. Heute Nacht wird er wahrscheinlich unter Übelkeit leiden. Es dürfte keine Probleme geben, aber Sie müssen ihn im Auge behalten. Verstanden?"

Daniel nickte. „Alles klar."

„Aber… er hat was Anderes zu tun!" Im Laufe der Jahre hatte Cole oft davon geträumt, mit Daniel befreundet zu sein. Oder vielleicht auch mehr – was völlig abstrus war, eine Fantasie, der er längst entwachsen sein sollte. Doch ihm dermaßen zur Last zu fallen würde keinen guten ersten Eindruck machen. Naja, zweiten Eindruck. Was auch immer.

Dr. Hanratty tätschelte Coles Bein und ignorierte seinen Protest. „Sie brauchen nicht im Bett zu bleiben, aber unternehmen Sie keine großen körperlichen Anstrengungen. Entspannen Sie sich und lassen Sie es locker angehen. Kein Alkohol, bis die Symptome ihrer Gehirnerschütterung völlig abgeklungen sind. Heiligabend ist erst, wann, am Mittwoch? Bis dahin sollten Sie sich wieder etwas genehmigen können."

Sie beugte sich vor und inspizierte seinen Gips, der in beängstigend grelloranges Verbandstape gehüllt war. Sein

Daumen war frei, aber der Gips reichte von unterhalb des Ellbogens bis knapp unterhalb der Fingerspitzen. „Sieht gut aus. Zum Glück war der Gipsverbandtechniker noch da. Über die Feiertage wird die Arbeitszeit verkürzt, deshalb machen sie Überstunden."

Cole verzog das Gesicht wegen des orangefarbenen Tapes. „Und hey, ich kann mir als Flugzeug-Einwinker noch was dazu verdienen."

Sie lachte. „Lassen Sie sich draußen noch ein Päckchen Schutzüberzüge zum Duschen für Ihren Gips geben. Das sind solche schulterlangen Handschuhe, wie Tierärzte sie benutzen, wenn sie die Hand in eine Kuh stecken. Passen Sie auf sich auf!" Und damit verschwand sie hinter dem nächsten Vorhang.

Daniel war wieder damit beschäftigt, stirnrunzelnd auf sein Handy zu starren, und Cole wollte ihn nicht stören. Bald darauf kam eine Verwaltungsangestellte mit einigen Papieren, und Cole wurde entlassen. Wenigstens brauchte er sich wegen der Kosten der Behandlung keine Gedanken zu machen. Jetzt, wo er erwachsen war, betrachtete er eine allgemeine staatliche Gesundheitsfürsorge nicht mehr als selbstverständlich.

Er räusperte sich. „Ähm, ist alles in Ordnung?"

„Hmm?" Daniel blickte auf. „Ja. Tut mir leid – musste mich um was Berufliches kümmern. Und – warte mal eben." Er nahm das Telefon ans Ohr. „Hi, Mom. Ja, wie ich gesagt habe, es geht ihm gut." Gleich darauf fügte er hinzu: „Kleinen Moment", und reichte das Handy an Cole weiter.

Er nahm es unbeholfen mit der rechten Hand entgegen. „Hey, Claudia. "

„Oh, du Ärmster. Wie fühlst du dich?"

„Mir geht es gut, ehrlich. Es ist schön, deine Stimme zu hören. Die Bilder von der Ferienanlage auf Facebook sehen richtig toll aus. Amüsierst du dich gut?"

„Ich amüsiere mich prächtig, und es ist wunderbar, mit dir zu reden. Daniel wird sich gut um dich kümmern."

Ob es ihm passt oder nicht. „Er war großartig. Ich bin so dankbar. Dann will ich dich mal nicht länger stören. Viel Spaß, und mach dir keine Sorgen um mich." Er gab das Handy an Daniel zurück, der erneut zuhörte und ein paar zustimmende Laute von sich gab.

Daniel beendete das Telefonat und stieß einen Seufzer aus. „In Ordnung. Wir machen besser, dass wir hier rauskommen. Sie werden das Bett für jemand anderen brauchen, diesem Affenzirkus im Warteraum nach zu urteilen."

Cole schwang die Beine von der Trage. Alles war bestens. Dann stand er auf. „Hoppla."

Im Nu hatte Daniel ihn an den Schultern gepackt, mit seinen warmen, kräftigen Händen, und hielt ihn aufrecht. „Pass auf."

Cole versuchte zu lächeln. „Ich glaube, mir ist ein bisschen schwindelig."

„Wo ist deine Jacke? Du kannst nicht nur in einem T-Shirt rausgehen." Daniel blickte sich in der kleinen Kabine um und hielt Cole mit einer Hand fest, während er nach der Krankenhaus-Plastiktüte griff. Er hielt ihm zuerst das blaue Hoodie hin, und Cole steckte seinen gesunden Arm durch den Ärmel.

Daniels Finger streiften Coles Nacken, als er den Baumwollstoff über seine linke Schulter zog. Ein Schauer rann Cole über den Rücken, und er hielt den Atem an, als Daniel dasselbe mit seiner marineblauen Cabanjacke machte. Seine Hand verfing sich in dem zerrissenen Futter, bevor er den Arm durch den Ärmel bekam.

„Danke", sagte Cole. Blöderweise war seine Kehle ganz trocken. So aus nächster Nähe roch Daniel nach holzigem, würzigem Tabak, aber nicht auf unangenehme Art. Genaugenommen auf eine Art, die Cole direkt in den Unterleib fuhr. Als er sich umdrehte, wurde ihm wieder schwindelig, und er war sich nicht sicher, ob das an der Gehirnerschütterung lag oder nicht.

Daniel Diaz ist wahrhaftig hier. Berührt mich. Ver-

dammt, ich träume wohl.

Na schön, die Berührung war eine fürsorgliche Hand, die ihn am Ellbogen stützte, wie man es vielleicht bei seiner Großmutter machen würde, aber Cole nahm sie gern. Als sie an den anderen Vorhängen vorbeischlurften, blieb Daniel bei einem älteren Paar stehen und fragte die Frau: „Kann ich Ihnen etwas bringen, bevor ich gehe?"

Sie lächelte, und ihre blauen Augen waren feucht. „Oh danke, wie lieb von Ihnen. Aber nein, wir brauchen nichts." Sie sah Cole an. „Ist das Ihr Bruder? Zum Glück ist er auf dem Weg nach Hause."

„Oh, er ist nicht" – Daniel verstummte abrupt und sagte dann: „Danke. Sind Sie sicher, dass Sie nichts brauchen?"

„Ja. Fröhliche Weihnachten, Jungs."

Sie wünschten ihr dasselbe und gingen dann weiter den Flur entlang. Cole fragte: „Hast du dich vorhin mit ihr unterhalten oder so?"

Daniel zuckte die Achseln. „Nein." Nach ein paar Schritten sagte er: „Wir sollten uns ein bisschen beeilen. Wir müssen noch bei dir zuhause vorbei und ein paar Sachen für dich einpacken."

„Und dann?" Coles Herz setzte einen Schlag aus. Er war so irrsinnig in Daniel verliebt gewesen. Sein innerer

Dreizehnjähriger flippte gerade tierisch aus.

„Dann kommst du wohl mit in den Weihnachtsurlaub."

Adrenalin schoss durch Coles Adern, mischte sich mit den Schmerzmitteln und sorgte dafür, dass ihm schwummrig wurde. *Heilige Scheiße.* Weihnachten mit Daniel. Vielleicht war es ja gar nicht so schlecht, ein Tollpatsch zu sein.

Kapitel Drei

DIREKT VOR COLES dreistöckigem Wohnhaus fand Daniel mit etwas Glück eine Parklücke am Straßenrand. Cole sagte: „Du kannst einfach im Auto warten. Ich geh' rauf und hole meine Sachen."

Daniel seufzte innerlich, während er bereits dabei war, sich abzuschnallen. „Mann, du bist nicht gerade sicher auf den Füßen. Das letzte, was wir brauchen, ist, dass du hinfällst und dir *nochmal* den Kopf stößt."

Cole machte den Mund auf und klappte ihn wieder zu. „ Da ist was dran. Ich wollte dir nur nicht noch mehr Umstände machen."

Zu spät, verdammt nochmal. Daniel sagte: „Komm schon. Ich muss selbst noch packen. Ich würde gern noch vor Mitternacht losfahren." Es war erst kurz nach acht, aber trotzdem.

Daniel hatte sich bereit erklärt, sich um ihn zu

kümmern, daher hatte Coles Protest sowieso keinen Sinn. Er griff nach dem Knopf und löste Coles Sicherheitsgurt. Er hatte ihn auch anschnallen müssen. Die Ärztin hatte Recht – offensichtlich betrachtete man es als selbstverständlich, beide Hände benutzen zu können.

„Hör mal, ich komme ganz bestimmt auch alleine klar. Ich kann mir den Wecker auf meinem Handy stellen, dass er mich alle paar Stunden weckt."

Daniel zog eine Augenbraue hoch. „Und dann? Soll Siri dir Fragen stellen und deine Antworten beurteilen? Ich glaube nicht, dass die neue iOS eine Gehirnerschütterungs-App hat."

Cole rieb sich mit seiner gesunden Hand das Gesicht. „Ich komm mir einfach wie ein Arschloch vor, weil ich dir beim Urlaub mit deinem Freund ins Gehege komme."

Daniel rutschte unbehaglich auf seinem Sitz hin und her. „Naja, er ist noch nicht mein Freund." Justin war niedlich und lebhaft, aber würde er wirklich einen guten potenziellen Partner abgeben? Hatten sie überhaupt irgendwas gemeinsam, außer dass sie beide schwul waren und bei AppAny arbeiteten?

Reg dich ab. Es ist ja gerade der Sinn dieser Reise, das herauszufinden. Und ausnahmsweise mal ein bisschen Spaß zu haben. CYC. Er schaute auf sein Handy, aber der

Sperrbildschirm zeigte immer noch nichts weiter als das Stockfoto irgendeiner Stadtansicht. Er hatte Justin eine SMS mit der schlechten Nachricht geschrieben, dass sie Gesellschaft haben würden, aber noch keine Antwort bekommen.

„Wartet er darauf, dass du ihn abholst? Tut mir leid, dass ich alles verzögere."

„Schon gut – er ist heute Nachmittag vorausgefahren. Und wie gesagt, es gibt vier Schlafzimmer. Es ist ein großes Chalet, aber es war das einzige, was ich Last Minute kriegen konnte. Kommt jetzt gerade recht. Wir können unser Ding machen, und du kannst dich entspannen und was auch immer." *Wird kein bisschen peinlich werden.*

„Alles klar. Okay. Ähm… na ja, wenn du sicher bist?"

Daniel stellte den Motor ab. „Ich bin sicher. Die Sache ist entschieden. Ende der Diskussion."

„Okay." Cole lächelte zögernd. „Du warst schon immer so. Wenn du dich mal für was entschieden hattest, warst du nicht mehr davon abzubringen."

Daniel blinzelte. „Findest du? Ich wundere mich ja, dass du dich überhaupt an mich erinnerst. Du warst noch ein kleines Kind."

„So klein nun auch wieder nicht. Ich war dreizehn."

„Wirklich? Ich dachte immer, du bist zehn oder so. Stimmt, dreizehn ergibt einen Sinn, da du jetzt deinen Master machst." Cole war in der Tat erwachsen geworden. Er war nicht besonders groß, nur ungefähr ein Meter siebzig, aber er hatte einen straffen, schlanken Körper, wie ein Schwimmer oder Turmspringer. Sein kurzes Haar war hellbraun, er hatte blaue Augen, ein eckiges Kinn, und am allerwichtigsten – er war in seine Ohren hineingewachsen, die riesig gewirkt hatten, als er noch ein Kind war.

Cole schien ganz okay zu sein, als sie das Gebäude betraten und er die Tür aufschloss, aber Daniel blieb für alle Fälle in Reichweite und fragte: „Wo ist der Aufzug?"

„Es gibt keinen."

Natürlich. Normalerweise wäre ihm das egal gewesen, aber da die Treppe Cole heute schon einmal am Arsch gekriegt hatte… „Sag mir, dass du nicht im dritten Stock wohnst."

Cole zuckte zusammen. „Ich wohne nicht im dritten Stock?"

Wunderbar.

Sie kamen jedoch stetig voran. Cole hielt sich wirklich tapfer, und als er auf dem letzten Treppenabsatz war – mit der rechten Hand ans Treppengeländer geklammert, Daniel an seiner Seite – sagte Daniel: „Du machst das prima.“

Cole grinste, dann stolperte er und Daniel fasste ihn hastig um die Taille. „Langsam. Werd‘ nicht übermütig, Junge.“ Es war kein ganz wörtliches Zitat aus *Star Wars*, aber Cole lachte, als er sich aufrichtete.

„Liebst du diese Filme immer noch?“

„Klar. Ist vermutlich ziemlich bescheuert.“ Er konnte immer noch vor sich sehen, wie Trevor über das, was er „Daniels kleines Sci-Fi- Problem“ nannte, die Augen verdreht hatte. Er trat unbehaglich von einem Fuß auf den anderen.

Cole sah ihn an und blinzelte. „Wieso sagst du das? Die Filme sind toll. Hast du den neuen gesehen, als er letzte Woche rausgekommen ist? Was sage ich da, natürlich hast du das.“

„Nein, habe ich nicht, um ehrlich zu sein“, sagte Daniel mit einem Anflug von Bedauern. „Zu viel Arbeit, bevor wir die Firma über die Feiertage geschlossen haben.“

„Ernsthaft?“ Coles schmale Augenbrauen schossen in die Höhe. „Ich hätte gedacht, du wärst bei der Premiere dabei. Ich habe ihn am Wochenende gesehen. Echt gut. Du wirst ihn lieben.“ Er fügte hinzu: „Wenigstens glaube ich das. Nicht, dass ich dich noch so gut kennen würde. Oder je gekannt hätte.“ Seine Ohren waren feuerrot.

„Okay, na schön. Gehen wir weiter. Schön vorsichtig." Mit Rücksicht auf den Gipsverband trat Daniel näher, eine Hand an Coles Rücken, aber ohne ihn zu berühren. Im Treppenhaus roch es nach – eigentlich nach nichts, nur nach abgestandener Luft und Beton, was besser war als der Gestank nach Pisse, der sich in so vielen Treppenhäusern einnistete. Aber jetzt stieg Daniel der Geruch von Coles Schweiß und nach Gips von seinem Verband in die Nase.

Ein eigentümlicher Beschützerinstinkt wallte in Daniel auf, während er dicht bei Cole blieb. Krank oder verletzt zu sein war scheiße, und es war noch schlimmer, allein zu sein, wenn man litt. Letzten Winter hatte Daniel sich durch eine brutale Grippe geschwitzt und gebibbert. Er war sogar zu schwach gewesen, um nach unten zu gehen und sich gefiltertes Wasser zu holen; stattdessen hatte er sein Glas am Waschbecken im Badezimmer gefüllt. Er hatte sich sogar einen Tag krank melden müssen.

Sie kamen ohne weitere Zwischenfälle in Coles Wohnung an, und da sie ungefähr die Größe einer Schuhschachtel hatte, war es nicht schwer, dicht bei Cole zu bleiben, falls ihm nochmal schwindlig wurde. Ein aufgeklappter Futon nahm den größten Teil des einzigen Zimmers direkt hinter der Tür ein, und nach links ging es in die kleine Küche und das Bad.

Die Wohnung war weiß gestrichen, und an zwei Wänden hingen ein paar gerahmte abstrakte Drucke, wahrscheinlich von IKEA. Ein ungefähr dreißig Zentimeter hoher Weihnachtsbaum aus Keramik stand auf einem niedrigen Kaffeetisch, und oberhalb der Küchenschränke war eine Lichterkette mit Klebeband an der Wand befestigt.

Cole sagte: „Ich weiß, es ist nicht viel, aber das Studium ist teuer."

„Nein, es ist… nett. Bezahlt dein Vater dir nicht die Studiengebühren?"

„Doch, im Grundstudium hat er das getan. Diesmal wollte ich alles selbst machen. Wirklich unabhängig sein, weißt du?"

„Verstehe." Daniel beäugte den einzigen Schrank. Die Tür stand offen, und der Schrank enthielt alles von einem Staubsauger über Schuhe bis zu Kleidungsstücken an einer verstellbaren Duschvorhang-Stange, die zwischen den schmalen Seitenwänden klemmte. „Hast du eine Sporttasche oder sowas?"

Cole hatte eine, und natürlich steckte sie ganz hinten im Schrank. Daniel zog seine engen Hosenbeine ein paar Zentimeter hoch, um mehr Bewegungsfreiheit zu haben, ging auf alle viere und stöberte herum, bis er etwas in die

Finger bekam, das sich wie ein Tragegriff anfühlte. Die Sporttasche – blau mit dem Logo der Toronto Maple Leafs – war abgenutzt, aber brauchbar. Daniel kroch heraus und hielt sie hoch. „Hab' sie."

Cole lehnte an der Wand, wo Daniel ihn zurückgelassen hatte, und er nickte und piepste: „Super!" Sein Gesicht war beängstigend rot.

Daniel sprang auf die Füße. „Ist dir schlecht?"

„Nein, nein! Mir geht's gut." Er ging langsam zu einer ramponierten Kommode, auf der ein Fernseher stand. Mit der rechten Hand öffnete er Schubladen und zog unbeholfen ein paar T-Shirts, ein Hoodie, eine Jeans, Socken und eine Anzahl von Boxerslip-Unterhosen heraus.

Daniel schaufelte das Häufchen Klamotten in die Tasche. Genau in diesem Moment summte sein Handy.

Hey Babe! Schon unterwegs? Null Prob m deinem Bruder. Je mehr desto besser! Hab 1 Überraschung f dich, also mach hin.

Wir werden so viel Spaß haben!!!

Cole kam mit einer Plastiktüte voller Toilettenartikel aus dem Bad und fragte: „Ist alles okay?"

Erst beim Sprechen merkte Daniel, dass er wegen Justins saloppem Schreibstil mit den Zähnen geknirscht hatte. „Ja. Alles gut." Dann kürzte Justin in seinen SMS eben einige Wörter ab. Das machten die meisten Leute, und nur weil es Daniel zum Wahnsinn trieb, musste es noch lange nicht verkehrt sein. Er musste lockerer werden. Genau deshalb ging er ja mit Justin aus. Um aus seinem Wohlfühlbereich rauszukommen. CYC.

Trotzdem. War es denn wirklich so schwer, ein Wort mit drei Buchstaben auszuschreiben?

„Sollten wir nicht langsam los?", fragte Cole.

Oh ja, allerdings. Nach dem langsamen, aber stetigen Abstieg über die Treppe fuhren sie weiter. Daniel wohnte in einem neuen Wohngebiet in Kanata, wo die Hälfte aller Straßen noch im Bau war und die dunklen Klötze von halbfertigen Häusern Wache standen. Daniel fuhr Slalom um die Schlaglöcher herum, die Baumaschinen und LKWs hinterlassen hatten.

Cole fragte: „Ist es nicht laut hier mit den ganzen Baustellen?"

„Vermutlich. Aber an den Wochenenden arbeiten sie nicht, und ich gehe um sechs aus dem Haus, weil ich vor der Arbeit noch ins Fitnessstudio will. Wenn ich abends heimkomme, sind sie immer schon fertig. Jedenfalls freue ich mich darauf, wenn der ganze Dreck mal weg ist." Er bog in seine Straße ein, wo einige Häuser mit Weihnachtsbeleuchtung geschmückt waren. Vor dem Haus gegenüber stand dort, wo einmal der Vorgarten sein würde, ein enormer, blinkender Weihnachtsmann-Schlitten.

Im Frühling sollte Rollrasen ausgelegt werden, daher bestanden die Vorgärten momentan nur aus Erde – oder jetzt aus mit feuchtem Schnee bedecktem Schlamm. Daniel fuhr in seine kurze Auffahrt und drückte die Fernbedienung für die Hausalarmanlage und den Garagentoröffner.

Im Gegensatz zum Nachbarhaus bestand Daniels einzige Weihnachtsdekoration aus einem dunkelgrünen Kranz mit einem geschmackvollen Hauch von Silber an der Haustür. Drinnen im Haus hatte er nicht geschmückt, genauso wenig, wie er das früher in seiner Wohnung je getan hatte.

„Ich geh' durch die Garage rein. Vor der Haustür ist es zu dreckig. Willst du einfach im Auto warten? Ich beeil' mich."

„Ja, cool. Die Sitzheizung wärmt meinen Hintern viel zu schön, um auszusteigen. Wohnst du hier zur Miete?"

„Nein, ich habe das Haus letztes Jahr gekauft. Bin im Frühjahr eingezogen."

„Ernsthaft? Du hast ein eigenes Haus? Ist ja der Hammer."

Daniel zuckte die Achseln und sagte schlicht: „Danke", aber er errötete vor Stolz. Nur ein paar Meter trennten die Häuser in diesem spießigen Vorort voneinander, aber Daniel besaß ein eigenes, freistehendes Haus, bevor er dreißig war. Ottawa war zwar nicht mit den Wahnsinns-Immobilienmärkten in Toronto oder Vancouver zu vergleichen, aber bei den steigenden Preisen für Häuser war das trotzdem eine Leistung.

Er stieg die drei Betonstufen von der Garage ins Haus hinauf und schloss die Tür auf. Die Alarmanlage piepte zweimal zur Begrüßung, und er machte die Tür hinter sich zu und zog sorgsam seine nassen Halbschuhe aus. Normalerweise hätte er sie sofort geputzt, nachdem er sie im Schnee getragen hatte, aber sie hatten noch eine zweistündige Fahrt nach Mont-Tremblant vor sich.

Daniel machte Licht im Flur und hängte seinen Mantel auf, dann eilte er in seinen feuchten Socken über den dunklen Parkettboden und die Treppe hinauf. Er holte seinen kleinen Koffer aus dem begehbaren Kleiderschrank und fasste die Sachen ins Auge, die an den Kleiderstangen hingen, farblich abgestimmt in schwarz, grau, braun und ein wenig weiß. Er wählte mehrere Pullover und Stoffhosen und eine dunkle Jeans. Sollte er seinen Dampfglätter mitnehmen?

Widerstrebend entschied er sich dagegen, nahm seine Krawatte ab und hängte sie an ihren Platz. Der

Dresscode im Büro war unglaublich leger, aber Daniel glaubte an das Motto „kleide dich für den Job, den du haben willst". Klar, Martin trug T-Shirts und manchmal – Daniel erschauerte – Hawaii-Hemden, aber Daniel war immer anständig angezogen. Er trug kein Sakko, das war ja wohl leger genug.

Er zog sich einen anthrazitfarbenen Kaschmir- Pulli und eine schwarze Jeans an, dann packte er fertig. Unten ging er durch das verdunkelte Wohnzimmer in seine offene Küche. Die Wände in seinem Haus waren hellgrau gestrichen, das Mobiliar und die Einbauschränke in schwarz und Chrom gehalten – aber immerhin hatte er einen neuen, dunkelvioletten Teppich vor dem schwarzen Ledersofa. CYC.

Er machte den Kühlschrank auf und nahm ein paar Flaschen Wasser und einige Bananen heraus. Pam zog ihn immer damit auf, dass er seine Bananen im Kühlschrank aufbewahrte, aber er hasste es, wenn auf den Arbeitsflächen aus grauem Quarz irgendwelcher Kram herumstand.

Nachdem er in seine wadenhohen Reißverschluss-Stiefel geschlüpft war, musste er zweimal laufen, bis alles im großen, offenen Kofferraum des Kompakt-SUVs verstaut war. Seinen Daunenparka warf er auf den Rücksitz, weil er es hasste, beim Autofahren dicke Jacken zu tragen. Dann setzte er sich ans Steuer und reichte Cole eine Flasche Wasser. „In deiner Tür ist ein Getränkehalter. Die Ärztin hat gesagt, du sollst viel trinken."

„Stimmt. Danke. Weißt du, du solltest wirklich kein Wasser in Flaschen kaufen." Trotzdem machte er die Flasche auf und trank sie auf einen Zug halb leer. „Das ist irre verschwenderisch. Nicht nur das Plastik, sondern" – er verzog das Gesicht. „Tut mir leid. Du brauchst keinen Vortrag."

„Ist schon okay. Du bist umweltbewusst geworden, hm? Als Umweltingenieur musst du das wohl auch sein. Lebst du vegan und all das?"

„Gott, nein. Ich esse viel zu gerne Fleisch. Und ich liebe Käse. Da könnte ich mich reinsetzen. Zum Ausgleich für meine Missetaten halte ich dann arglosen Mitmenschen Vorträge über Plastik-Wasserflaschen. Gern geschehen."

„Danke. Und hey, ich recycle, nur zur Info." Daniel berührte den Touchscreen am Armaturenbrett. „Lass mich nur eben Trudy die Koordinaten geben."

„Trudy?" Cole schmunzelte. „Du hast deinem Navi einen Namen gegeben?"

Daniel schnitt eine Grimasse. „Nein, das war meine Freundin Pam, aber der Name ist haften geblieben. Ich bin mal mit ihr zu Costco gefahren und habe ihr von einer Frau erzählt, die ich in unserer Filiale in Houston entlassen musste." Er fuhr rückwärts aus der Einfahrt und ignorierte Trudys überflüssige Anweisungen für das Verlassen des Vororts. „Also habe ich sie zum Aufhebungsgespräch gerufen–"

„Moment mal, ist das ein Euphemismus dafür, jemanden zu feuern?"

„Ja. Wie auch immer, die meisten weinen, oder manche versuchen auch zu verhandeln oder wollen es nicht wahrhaben. Viele sind total schockiert, verständlicherweise. Aber alle Jubeljahre mal flippt jemand aus. Trudy ist rausgestürmt und hat lauthals im Büro rumgeflucht. Und ich bin ihr nachgerannt und habe „Trudy! Trudy!" gezischelt. Ich hatte schon Angst, ich müsste den Sicherheitsdienst rufen, aber sie hat sich beruhigt. Jedenfalls hat mich das Navi dauernd unterbrochen, als ich Pam die Geschichte erzählt habe, und Pam hat verkündet, das wäre Trudys Rache."

Cole lachte. Nach kurzem Schweigen fragte er: „Macht es dir was aus? Leute zu feuern?"

Daniel überlief es kalt, aber er zuckte die Achseln und bog auf die Hauptstraße ein. „Ich tu's nicht gern, aber manchmal muss es eben sein. Wenn die Gewinnspanne sinkt, muss die Firma Ausgaben und PB verringern." Ihm war immer speiübel vor einer Entlassung, aber er musste seinen Job machen.

„PB?"

„Sorry. Personalbestand. Und wenn wir eine andere Firma aufkaufen, suchen wir nach Synergie-Möglichkeiten. Sortieren doppelt vorhandene Positionen aus und versuchen, Unternehmensfunktionen zusammenzufassen. Entlassungen haben im Allgemeinen nichts mit den Mitarbeitern an sich zu tun. Was es nicht leichter macht, damit fertig zu werden, das ist mir schon klar."

Daniel hatte oft darauf hingewiesen, dass man Kosten sparen könnte, indem man keine Führungskräfte einstellte, die eine Viertelmillion Jahresgehalt für ihre Ideen bekamen und nicht produktiv tätig waren. Doch trotz Martins Beharren auf Innovationen zählte Prestige immer noch. Daniel war derjenige, der das Feuern besorgen musste, also bekam Martin, was Martin wollte.

„Musst du das oft machen?"

„Mehrmals im Jahr, schätzungsweise. Ich werde auch zu unseren anderen Filialen geschickt. Zu der in Houston und zu der in England. Ich werde nicht emotional, daher bin ich effektiv."

Pams spöttische Stimme widerhallte in seinem Kopf: *Das kommt daher, weil du innerlich kalt und tot bist.*

Daran musst du unbedingt arbeiten.

„Mmmm.“

Cole klang schläfrig, und Daniel warf ihm einen Blick zu, nachdem er seinen toten Winkel überprüft und auf den Highway beschleunigt hatte. Sie fuhren wieder zurück, an Ottawa vorbei und dann über die Grenze zwischen Ontario und Quebec auf die Laurentian Mountains zu. Daniel sagte: „Schlaf nur.“

„Tut mir leid. Ich bin plötzlich tierisch müde.“ Cole lehnte den Kopf zurück, und seine Augen fielen zu. Er murmelte: „Autos bringen mich immer zum Einschlafen. Meine Mom hat gesagt, als ich ein Baby war, ist sie immer mit mir um den Block gefahren, und schon war ich weg.“

„Außerdem hast du eine Gehirnerschütterung. Schlaf. Ich weck‘ dich nach einer Weile zum Kontrollieren.“

Daniel stellte das Satellitenradio leise. Das Gedudel von werbefreien Weihnachtsliedern leistete ihm Gesellschaft, begleitet vom steten Rhythmus von Coles tiefen Atemzügen. Es war merkwürdig tröstlich, dass Cole ihm genug vertraute, um zu schlafen, während Daniel fuhr. Sie hatten einander zehn Jahre lang nicht gesehen, und doch waren sie hier. Das Leben konnte unglaublich bizarr sein.

Schneeflocken rieselten herab, eine weiße Decke lag über den Feldern, und glücklicherweise sanken die Temperaturen. Daniel war die eisige, klirrende Kälte viel lieber als die matschige Schweinerei um den Gefrierpunkt. Auf den Straßen war Salz gestreut, sie waren kaum vereist, und es waren nicht viele Fahrzeuge unterwegs. Sarah McLachlan sang ein melancholisches und doch schönes Lied über einen Fluss, und die Welt wirkte still und friedlich.

Eineinhalb Stunden vergingen, dann wimmerte Cole und hob den Kopf. „Scheiße. Ich glaube, ich muss mich übergeben."

Daniel überprüfte seinen toten Winkel und scherte auf den leeren Seitenstreifen aus.

Er wollte gar nicht daran denken, wieviel mühevolle Kleinarbeit nötig sein würde, um Erbrochenes aus dem Innenraum des Wagens zu schrubben. Er löste Coles Sicherheitsgurt, ehe er aus dem Auto sprang und außen herum lief, um ihm beim Aussteigen zu helfen, bibbernd vor Kälte. Sein Atem bildete Wolken in der eisigen Luft.

Cole machte ein paar Schritte, dann beugte er sich vor und reiherte in den frischen Schnee. *Bäh.* Dr. Hanratty hatte eindeutig recht gehabt mit der Übelkeit. Cole stützte sich spuckend und stöhnend mit der gesunden Hand an seinem Knie ab. Er schien einigermaßen sicher auf den Beinen zu sein, also beugte Daniel sich ins Auto, um den Warnblinker anzumachen und eine Dose Pfefferminzbonbons aus dem Handschuhfach zu holen. Er schraubte Coles Wasserflasche auf und reichte sie ihm, als Cole sich mit einem weiteren Stöhnen aufrichtete.

„Ich habe seit der Highschool nicht mehr am Straßenrand gekotzt."

„Du hast in der Highschool Party gemacht? Boah." Daniel rieb sich die Hände und blies hinein, trat von einem Fuß auf den anderen, um in der Kälte in Bewegung zu bleiben. Er wischte Schneeflocken von seinem Pulli.

Cole nahm einen Schluck Wasser, spülte sich damit den Mund und spuckte es wieder aus. „Auch Streber sind heimlich an die Schnapsvorräte ihrer Eltern gegangen."

„Ah, Komasaufen. Diese Zeiten vermisse ich nicht. Hier, nimm ein paar Pfefferminz." Er zog die Dose aus der Tasche und öffnete sie.

„Danke." Cole steckte ein paar Pfefferminzbonbons in den Mund und blickte sich um, wobei er den Kopf nur ganz behutsam bewegte. „Meinst du, es ist okay, hier draußen zu pinkeln?"

Die Scheinwerfer des Audi durchschnitten die Nacht, aber ansonsten war alles dunkel. „Mach nur."

Daniel blieb in Reichweite, als Cole den Kopf beugte, um den Reißverschluss zu öffnen. Cole fummelte an seinem Hosenschlitz herum und fluchte leise vor sich hin. „Scheiße. Ich krieg' den Knopf nicht auf."

„Oh. Ähm…" *Mist.* Tja, er hatte sich bereit erklärt, die Krankenschwester oder was auch immer zu spielen, also… „Lass mich." Daniel stellte sich vor ihn und hoffte, dass die Kotzerei endgültig vorbei war. Er konnte nicht sehen, was er tat, daher bückte er sich, öffnete den Knopf nach Gefühl und zog den Reißverschluss runter. „Da."

Coles hastige, minzig-säuerliche Atemstöße trafen auf Daniels Haut, wo sein Pulli einen kleinen V-Ausschnitt hatte. „Danke." Coles Stimme war heiser, wahrscheinlich von der kalten Nachtluft. Ganz abgesehen davon, dass er sich erbrochen hatte.

„Geht's jetzt?"

„Äh…" Cole zerrte mit der rechten Hand an seiner Unterhose und grollte: „Jesus, warum konnte ich nicht Beidhänder sein?"

Daniel lachte verlegen. *Das ist jetzt kein bisschen schräg oder so.* „Hier, lass mich nur…" Er zog Coles Unterwäsche ein wenig runter, und seine Fingerknöchel streiften drahtiges Haar. Der kleine, streberhafte Cole war eindeutig ein Mann geworden. Coles Bauch war straff und zitterte, und weitere schnelle Atemstöße wärmten Daniels Haut.

Coles Lachen klang gezwungen. „Ich kann meinen Pimmel selbst rausholen. Hoffe ich." Seine Finger streiften Daniels, und Daniel riss seine Hände weg. Nach einigen Augenblicken fragte Cole: „Stehst du auf Natursekt?"

„*Hä?* Oh, stimmt!" Er trat beiseite und ging aus dem Weg. „Feuer frei."

Während Cole in den Schnee pinkelte, schaute Daniel weg. Er verschränkte die Arme vor der Brust und überlegte, ob er seine Jacke vom Rücksitz holen sollte. Cole in seinem Hoodie musste am Erfrieren sein. Aber schon bald sagte Cole: „Kannst du bitte den Knopf zu machen? Den Rest habe ich hingekriegt."

Daniel zuckte beim Klang von Coles leiser Stimme zusammen. „Klar." Er schloss den Knopf, ein bisschen unbeholfen, da seine Finger taub waren, und half Cole dann wieder auf den Beifahrersitz. Als er im Auto saß, beugte Daniel sich über ihn, um seinen Sicherheitsgurt zu schließen.

Cole war reglos und Daniel sagte: „Du kannst ruhig atmen. Ich beiße nicht."

„Nein, ich weiß." Er lachte, eindeutig unsicher. „Danke für deine Hilfe. Tut mir leid, dass das so eklig war und dass du anhalten musstest."

„Keine Sorge. Wir sind sowieso fast da."

Als er wieder im Auto saß, schaltete Daniel die Sitz- und die Lenkradheizung wieder an und wischte erneut an den Schneeflocken herum, die auf seinen Ärmeln schmolzen.

Cole sagte: „Du hast Schnee in den…" Er hob den linken Arm, wie um Daniel den Schnee aus den Haaren zu bürsten, und sog zischend den Atem ein. „Scheiße. Das tut weh. Stimmt. Gebrochene Hand."

Daniel fuhr sich mit der Hand über den Kopf. „Man sollte meinen, dass das schwer zu vergessen ist."

Cole wischte sich ebenfalls den Schnee aus den Haaren. „Sollte man meinen." Er seufzte. „Mann, tut mir leid, dass du mich jetzt am Hals hast. Du hattest nicht vor, in deinem Liebesurlaub ein Anhängsel zu haben."

Er unterdrückte ein Aufwallen von Gereiztheit. Ewig darauf herumzureiten änderte auch nichts. „Hatte ich nicht, aber shit happens. Es ist, wie es ist. Ich habe mich entschieden, schon vergessen?"

„Ich bin trotzdem dankbar. Das war wirklich viel verlangt, wenn man bedenkt, dass wir uns zehn Jahre nicht gesehen haben."

Es *war* viel verlangt, aber Daniel hatte Cole ja nicht hilflos zurücklassen können. „Ein für alle Mal, mach dir deswegen keine Gedanken. Im Übrigen, du weißt, wie begeistert meine Mom ist, dass wir ‚wieder in Verbindung sind‘, wie sie sagen würde.“

Cole lächelte. „Ja, stimmt. Und...“ Er drehte den Kopf, um aus dem Fenster zu schauen. „Ich finde es auch cool. Wieder in Verbindung zu sein.“

Daniel wusste nicht, was er sagen sollte, daher entschied er sich für „Ja“ und drehte Kelly Clarkson lauter, die gerade mit großer Begeisterung einen Weihnachtsbaum besang.

Nach weiteren dreißig Kilometern kam der warme Lichtschein des Dorfes in Sicht, das am Fuß der Berge lag, die sich dahinter auftürmten. Cole sog zischend den Atem ein, gerade als Trudy Daniel anwies, die Ausfahrt zu nehmen.

Cole sagte: „Wow. Sieht aus wie eine Postkarte.“

Das stimmte. Es gab eine Reihe von bunten, meist dreistöckigen Gebäuden wie aus aufeinander geschichtetem Lebkuchen mit frischem Schnee auf den Dächern, einen Uhrturm, der an einem Ende des Dorfes hochragte, und goldene Weihnachtslichter überall. Daniel war normalerweise kein großer Freund der Feiertage, aber das hier war wunderschön und einladend.

Trudy lotste sie um das Dorf herum und schließlich auf eine Straße, die unter dem Schnee sicherlich nicht asphaltiert war. Sie war etwas vereist, und er navigierte langsam um die Kurven.

„Sie haben Ihren Bestimmungsort erreicht."

Die Lichter des Chalets strahlten hinter der Biegung einer kurzen Auffahrt, und Daniel folgte Justins Reifenspuren, die bereits halb zugeschneit waren. Ein Minivan stand vor dem Chalet, und er hielt daneben an und stellte den Motor ab.

„Wow", hauchte Cole. „Ist das schön. Die vielen Fenster!"

Das zweistöckige Chalet hatte riesige Fenster auf beiden Etagen und laut Auflistung keine Nachbarn im Umkreis von zwei Kilometern. Fern von den Lichtern des Dorfes war es zu dunkel und zu wolkig, um den Ausblick auf den See und die Berge auszumachen, aber Daniel konnte es kaum erwarten, sie morgen früh zu sehen. Er hatte wirklich schon viel zu lange nicht mehr Urlaub gemacht.

„Es sieht so friedlich aus", fügte Cole hinzu.

„Stimmt." Der Eigentümer des Chalets hatte bunte Lichterketten am Geländer der umlaufenden Veranda angebracht, und der Effekt war zauberhaft. Daniel öffnete die Autotür und hielt verdutzt inne, mit einem Bein schon halb draußen.

Was war das für ein Gewummer? Gleich darauf wurde ihm klar, dass es Musik war. Ein Hauch von Unbehagen kroch in ihm hoch. Nun ja, vielleicht fand Justin ja Techno entspannend? Daniel hoffte, dass der Lärm nicht bis über den gefrorenen See drang und andere störte.

Er schnappte sich seinen Parka, zog ihn an und ließ den Reißverschluss offen, während er um den Wagen herumging. Cole hatte es geschafft, sich selbst loszuschnallen. Er stand wartend und mit gerunzelter Stirn neben dem Auto und versuchte gerade, seine Jacke über den gesunden Arm zu ziehen. Gelächter und Stimmen schallten aus dem Haus. Stimmen.

Plural.

Daniels Herz pochte im Gleichtakt mit dem Bass, und Cole sagte: „Äh, mir war nicht klar, dass du einen Haufen Leute für eine Party hier hast?" Sein Atem erzeugte frostige Schwaden in der eisigen Luft.

„Das habe ich nicht", knurrte Daniel mit zusammengebissenen Zähnen. „Justin hat gesagt, er hätte eine Überraschung für mich, aber..." Aber so skrupellos konnte er doch nicht sein.

Nachdem er Cole in die Jacke geholfen hatte, marschierte Daniel den Gehweg entlang, der wahrscheinlich heute Morgen freigeschippt worden war und jetzt wieder unter drei Zentimetern Neuschnee lag. Die umlaufende Veranda war ebenfalls bereits schneefrei geräumt, und er ging um die Ecke des Chalets herum zu einer Art Wintergarten, wo der Whirlpool stand, bei geöffneten Türen nur durch ein Holzdach geschützt und ansonsten den Elementen ausgesetzt.

Volle Bierflaschen steckten im Schnee, leere lagen weggeworfen daneben auf der Veranda. Rauch hing in der Luft – Marihuana und Zigaretten. Der Whirlpool bot Platz für acht Personen – schön geräumig für zwei. Momentan saßen sage und schreibe sechs Personen darin, Justin mitgezählt, der mit einem Freudenschrei bemerkte, dass Daniel dort stand.

„Dan! Endlich! Raus aus den Klamotten und rein hier mit dir!" Er stand auf und präsentierte seine rote Speedo-Badehose, die sich um seine Genitalien schmiegte und seinen muskulösen Körper zur Geltung brachte.

Die anderen Insassen des Whirlpools drehten sich um und winkten, und Dan erkannte sie alle aus der Firma. Eine Webtexterin namens Melody – nein, Melanie – quiekte: „Hi, Dan!"

Justin breitete seine durchtrainierten Arme aus. „Überraschung!"

Während sich Zorn und ein scheußliches, klebriges Gefühl der Demütigung in ihm breit machten, musste Daniel beipflichten, dass es todsicher eine war.

Kapitel Vier

P *EIIIINNLICH.*

Daniel strahlte eine so gewaltige Anspannung aus, dass Cole sich fragte, warum die Hitze seines Zorns den Schnee um ihn herum nicht schmolz. Die Leute im Whirlpool schienen alle ungefähr Mitte Zwanzig und mehr oder weniger betrunken zu sein.

Die Veranda vibrierte unter dem Bass der Musik, die von drinnen kam, und sogar die riesigen Fensterscheiben klirrten. Coles Schädel brummte erbarmungslos. Er wollte nur ins Bett, aber das würde offensichtlich warten müssen.

Ein rothaariger Typ funkelte den Speedo-Träger an, der vermutlich dieser Justin war, Daniels Quasi-Freund oder was auch immer. Der Rotschopf herrschte Justin mit frankokanadischem Akzent an: „Was soll das heißen, Überraschung?" An Daniel gewandt, rief er: „Hast du etwa nicht gewusst, dass wir übers Wochenende kommen?"

Die Asiatin mit den Rattenschwänzen, die Daniel so begeistert begrüßt hatte, wechselte jetzt besorgte Blicke mit dem blonden Typen, mit dem sie geschmust hatte. Sie schrie Justin zu: „Hast du Dan wirklich nicht gesagt, dass wir kommen? Ohne Witz?"

„Dann wäre es doch keine Überraschung mehr!" Justin stieg plantschend aus dem Whirlpool, schnappte sich einen Frotteebademantel und hüpfte von einem Fuß auf den anderen, bis er seine Flipflops anhatte. „Brr, ist das kalt."

Sag bloß, du Schlaumeier. Justin war blond und schlank und hatte ein Sixpack. Objektiv sah er gut aus, aber *pfui Teufel.* Er war ganz eindeutig ein echter Kotzbrocken. Cole fand es schwer zu glauben, dass Daniel mit ihm ausging.

Justin kam auf Daniel zu und klimperte mit den Wimpern. „Na komm, du Brummbär. Wärm' mich auf. Du wirst Spaß haben, versprochen." Er griff nach Daniel.

Gott sei *Dank*, Daniel legte ihm eine Hand auf die Brust und hielt ihn entschlossen auf Abstand. „Das glaube ich kaum. Stell die Musik ab, die ist viel zu laut."

Justin verdrehte die Augen. „Ach, komm schon.

Mach dich mal locker, Mann. Wir haben Urlaub! Lass uns Party machen!"

Daniels Nüstern blähten sich, und Cole befürchtete, gleich einen Mord mitansehen zu müssen. Einen völlig gerechtfertigten Mord. Daniel drängte sich an Justin vorbei und verschwand durch die Glasschiebetür nach drinnen.

Erneut verdrehte Justin die Augen und fragte Cole: „War der schon immer so verklemmt?"

Bevor Cole ihn zum Teufel schicken konnte, verstummte die Musik. In der plötzlichen Stille blubberte der Whirlpool, und die Pumpe summte leise. Dicke Schneeflocken schwebten vom Himmel, und die Lichterketten am Verandageländer tauchten alles in ihren warmen, bunten Schein. Der Wald und der See dahinter erschienen vollkommen still.

Eine Brünette mit langen, feuchten Locken in einem Neckholder-Bikini-Oberteil rülpste und lachte dann lauthals, zusammen mit Justin und einem weiteren haarigen Typen. Als das Gelächter erstarb, sagte sie: „Justin, gib mir noch ein Bier."

Cole ließ sie allein und folgte Daniel ins Haus. Er hatte seine Stiefel neben der Tür stehen lassen, und Cole tat das auch und schloss die Schiebetür hinter sich. Das Chalet war fantastisch – eine Gewölbedecke, freiliegendes Gebälk, helles Kiefernholz überall. Eine gemauerte Akzent-Innenwand umschloss einen offenen Kamin, in dem Holzscheite glommen. Zwei der Außenwände bestanden größtenteils aus Glas. Die Küche lag linker Hand am Ende eines kurzen Flurs, gleich hinter einer Treppe, die vermutlich zu den Schlafzimmern im hinteren Teil des Hauses führte.

Rote, grüne und goldene Weihnachtsdekorationen schmückten die Regale, Girlanden und Lichterketten waren um das Treppengeländer gewunden. Am Kaminsims hingen sogar zwei goldfarbene Nikolausstrümpfe. In der Ecke neben dem Kamin stand ein frischer Tannenbaum. Der Baum war nicht geschmückt, aber umgeben von Schachteln. Baumschmuck, vermutlich.

Hatte Justin das alles arrangiert? Cole warf einen Blick zurück durch die Glastür, wo Justin gerade an einem Joint zog, anscheinend vollkommen gleichgültig gegenüber der Tatsache, dass Daniel wütend auf ihn war. Nein. Höchst unwahrscheinlich, dass Justin so umsichtig gewesen sein konnte.

Auf bestrumpften Füßen ging Cole auf Daniel zu, der am Fuß der Treppe stand, immer noch in seinem Parka. Von hinten konnte Cole sein Gesicht nicht sehen, und die Kapuze des Parkas versperrte ihm auch den Blick auf sein Profil. Daniel stand stocksteif da, mit geballten

Fäusten.

Es erschien dumm, ihn zu fragen, ob er okay war. Stattdessen sagte Cole: „Du hast es immer gehasst, Dan genannt zu werden." Auch dumm, aber er musste etwas sagen.

Hinter Cole ging die Glastür auf, und die drei Leute kamen herein, die über Justins Überraschung nicht erfreut gewirkt hatten. Während sie sich näherten, in Handtücher gehüllt, sagte Daniel: „Das tue ich immer noch. Ich hasse es, Dan genannt zu werden."

Die junge Asiatin blieb wie angewurzelt stehen. „Scheiße, echt jetzt? Aber im Büro sagen alle Dan zu dir."

Daniel drehte sich um und zuckte leicht die Achseln. „Martin nennt mich so. Nach einer Weile habe ich es einfach aufgegeben, mich dagegen zu wehren."

„Oh." Sie lächelte Cole nervös an. „Du bist Dans – Daniels Bruder? Ich bin Melanie."

Sie deutete auf den blonden Typen, der ihr einen Arm um die nassen Schultern gelegt hatte. „Das ist Paul, mein Freund, und das ist Jean-Luc."

Der Rotschopf nickte. „Bonjour."

„Hey. Ich bin nicht wirklich Daniels Bruder."

Melanie blinzelte. „Entschuldige. Ich dachte, Justin hätte gesagt…"

„Wir waren vor zehn Jahren mal Stiefbrüder", sagte Daniel. „Nicht für lange. Wie auch immer, um deine Frage von vorhin zu beantworten, nein. Ich hatte keine Ahnung, dass irgendjemand außer Justin hier sein würde."

Paul stöhnte auf. „Ich hatte gleich ein ungutes Gefühl bei der Sache. Hab' ich das nicht gesagt, Mel?"

„Ja, hast du, Babe." Draußen im Whirlpool kreischte die andere Frau auf, und Melanie schnaubte. „Blöde Louise. Sie und Mike sind Idioten, aber ich dachte, eine Party mit ihnen könnte ganz lustig werden. Natürlich habe ich auch gedacht, wir wären eingeladen. Justin hat gesagt, es wäre völlig okay für dich, wenn wir einfach übers Wochenende mit raufkommen, und danach könntet ihr dann schön Romantik-Urlaub machen."

Daniel vibrierte praktisch. „Eins ist sicher, das mit der Romantik hat sich erledigt."

„Wir verschwinden gleich morgen früh", sagte Jean-Luc. „Und nehmen Justin mit, ja?"

„Auf jeden Fall." Daniel zog seinen Parka aus und marschierte zu einem Wandschrank in der Nische vor dem Durchgang zur Küche.

Cole zuckte zusammen, als er versuchte, sich aus seiner Jacke zu winden. Melanie fragte: „Brauchst du Hilfe? Gott, das letzte, was du gebraucht hast, war noch mehr Drama, hm? Wie fühlst du dich? Was ist passiert?" Sie pellte Cole die Jacke von den Schultern.

„Mir geht's gut. Danke. Ich bin gestolpert und hingefallen. Ich bin ein totaler Versager."

„Bist du nicht", fauchte Daniel. Er atmete tief durch und wurde sanfter. „Ich hol' dir was zu trinken." Er verschwand in der Küche.

Melanie flüsterte Cole zu: „Wir lassen euch beide am besten allein."

Paul fragte: „Sind die Schlüssel noch im Wagen? Ich bringe euer Gepäck rein."

„Ich glaube schon. Das Auto ist schlüssellos, aber Daniels ganzer Kram ist noch drin, also sollte es offen sein, wenn die Schlüssel in seiner Tasche sind."

Mit einem leicht verlegenen Winken folgte Cole Daniel in die Küche, dankbar, dass nicht alle ungeladenen Gäste Arschlöcher waren. Daniel stand vor dem Kühlschrank, als hätte er ihn öffnen wollen und vergessen, was er vorgehabt hatte. Er murmelte: „Was bin ich doch für ein Idiot. CYC, meine Fresse."

„Zee... was?"

Daniel rieb sich das Gesicht. „Es ist zu bescheuert, um es zu wiederholen."

Cole hasste es, zu sehen, wie Daniel sich quälte. „Möglicherweise hilft es, darüber zu reden. Hält dich vielleicht davon ab, deinen Lover im Whirlpool zu ersäufen.“

„Oh, er ist *keineswegs* mein Lover und wird es auch nie sein. Was ich *wusste*, aber ich habe mir einfach eingeredet, ich müsste aus meiner Wohlfühlzone raus und mal was Neues ausprobieren.“

„Ich muss zugeben, dass er mir nicht unbedingt wie dein Typ vorkommt. Es sei denn, du stehst inzwischen auf Flachwichser.“

Daniel lachte auf. „Man könnte behaupten, dass das schon immer so war.“

Mann, was war mit Trevor bloß schiefgegangen? Jetzt war eindeutig nicht der richtige Moment für Fragen, daher sagte Cole: „Es ist nicht deine Schuld.“

„Oh doch!“ Daniel drehte sich ruckartig zu ihm um, machte den Mund auf, um weiterzusprechen, und stutzte. „Bist du okay?“

Cole merkte, dass er das Gesicht verzogen hatte, da das Pochen in seiner gebrochenen Hand stärker wurde und seine Kopfschmerzen auch. „Ja. Es tut nur weh.“

„Du musst dich ausruhen. Ich weiß, was ich tun muss, aber ich suche mal eine Checkliste für Gehirnerschütterungen raus, nur für alle Fälle.“ Er zog sein Handy aus der Tasche. „Mist, ich brauche das WLAN-Passwort. Kein Empfang hier draußen.“

Eine junge Frau in einem Bikini mit einem offenen Parka darüber kam in die Küche gestapft. Das war Louise, wie es schien. „Das WLAN ist Scheiße. Wir sind hier draußen praktisch von der Außenwelt abgeschnitten."

Daniel blaffte: „Stiefel aus im Haus!"

Sie zuckte zusammen, machte aber trotzdem den Kühlschrank auf, dann schaute sie auf ihre Füße und wieder zu Daniel. „Ist schließlich nicht dein Haus. Was regst du dich so auf?"

„Erstens ist es unhöflich, bei anderen Leuten das ganze Parkett vollzutriefen. Zweitens bin ich derjenige, der für alle Schäden aufkommen muss, oder etwa nicht? Stiefel. Aus. Im. Haus."

„Okay, herrje." Louise nahm eine Kiste Bier aus dem untersten Regal, hievte sie ächzend hoch und verschwand wieder nach draußen.

„Fuck", murmelte Daniel. Auf der Kücheninsel lag ein dicker Ordner, auf dem *Willkommen!* stand. Er schlug ihn auf, vermutlich, um nach dem Passwort zu suchen. Er tippte auf seinem Handy herum und wartete. Und wartete. „Scheiße. Ich kann nicht auf meinen E-Mail Account in der Firma zugreifen, wenn das WLAN nicht geht."

Cole sah davon ab, ihn daran zu erinnern, dass er

jetzt eigentlich Urlaub hatte. Denn um fair zu sein – wenn das ein Urlaub sein sollte, war er bisher für Daniel echt scheiße gelaufen. Stattdessen fragte er: „Ähm, wo soll ich schlafen?"

Daniel rieb sich das Gesicht. „Du kannst das große Schlafzimmer haben. Ich schlafe auf der Couch oder so."

Flip-Flops patschten feucht. Justin tauchte auf und lächelte Daniel mit Schlafzimmerblick an. „Komm schon, Brummbär. Ich dachte, wir nehmen das Große."

„Ich dachte, wir wären hier allein", blaffte Daniel. „Ich hab' vieles gedacht. Und falls es noch nicht klar ist, was auch immer das zwischen uns war? Ist vorbei."

Mit vom Gras rauchen geröteten Augen drückte Justin die Zunge von innen gegen die Wange und bedachte sie mit einem verächtlich-zickigen Gesichtsausdruck wie aus dem Bilderbuch. „Na schön. Ich penne bei Louise. Du und dein kleiner Bruder, ihr könnt das Große haben." Er machte auf dem Absatz kehrt und stakste davon. *Patsch-patsch-patsch.*

Cole konnte nicht fassen, was dieses Arschloch sich herausnahm, aber er hielt den Mund. „Falls es ein Kingsize-Bett ist, geht das bestimmt", sagte er, und nicht nur, weil ein Bett mit Daniel zu teilen ein feuchter Traum war, der nach zehn Jahren wahr wurde.

„Okay." Daniel atmete heftig aus. „Holen wir unsere

Sachen und sehen wir's uns an.“

Es war eindeutig ein Kingsize-Bett – ein Riesending, das fast so breit war wie Coles ganzes Wohnzimmer. Der Überwurf war in geschmackvollem Marineblau mit feinen Nadelstreifen gehalten, das Zimmer mit braunen und grünen Akzenten dekoriert. Dasselbe helle Kiefernparkett schien sich durchs ganze Haus zu ziehen.

Daniel nahm Coles Sporttasche von der Schulter und stellte sie mit seinem Koffer neben die lange Kommode. Dann raffte er Justins Sachen zusammen und warf sie hinaus in den Flur.

Cole schlüpfte ins Bad, das so groß war, dass er beinahe um die Ecke gehen musste, um die Toilette hinter einer Duschkabine und einer Badewanne zu finden. Der lange Doppel-Waschtisch gleich hinter der Tür war aus glattem Granit. Die Fliesen auf dem Boden und in der Dusche waren weiß und grau mit dunkelblauen Akzenten, und alle Oberflächen glänzten.

Cole beugte sich über das vordere Waschbecken und schaffte es, sich mit der rechten Hand Wasser ins Gesicht zu spritzen. Als er sich wieder aufrichtete, stand Daniel hinter ihm und hielt ein Handtuch bereit. Mit pochendem Herzen lächelte Cole ihn zaghaft an. „Danke.“ Er trocknete sich das Gesicht ab. „Ich möchte mir nur die Zähne putzen und dann schlafen.“

„Ich hol' deine Sachen", sagte Daniel und kam gleich darauf mit Coles abgewetztem, seifenfleckigen Kulturbeutel zurück. „Komm, ich helf' dir…"

Cole drehte sich um, lehnte den Hintern gegen den Waschtisch und hob seinen gesunden Arm. Er konzentrierte sich darauf, gleichmäßig zu atmen, als Daniel näher trat und ihm das Hoodie und das T-Shirt über den Kopf zog und dann die Jeans aufmachte. Sie fiel ihm um die Knöchel, und Cole trat sie weg, bevor Daniel sich hinknien konnte. Denn wenn Daniel vor ihm kniete, würde Cole spontan in seine Unterhose abspritzen.

Während Daniel Coles Schlafanzug holen ging, bückte Cole sich und zog mit der rechten Hand seine Socken aus. Daniel kam mit der rot-blau karierten Flanellhose zurück und sagte: „Ist einfacher, wenn du kein Oberteil anziehst, stimmt's?"

„M-hm." Coles Nippel standen stramm, obwohl es im Badezimmer warm war und er mit bloßen Füßen auf einem beheizten Fußboden stand. Er stieg in die karierte Flanell-Pyjamahose und hielt den Atem an, als Daniel die Kordel an der Taille zu einer lockeren Schleife band. „Danke."

Cole wandte sich wieder dem Waschbecken zu. Es überraschte ihn nicht, als er beim Blick in den Spiegel feststellte, dass er bis zum Brustbein hinunter errötet war.

Er schaffte es, den Reißverschluss an seinem Kulturbeutel zu öffnen. Aber nach mehreren Versuchen, die Zahnpastatube aufzuschrauben, indem er sie zwischen Unterarm und Hüfte einklemmte, reichte er sie dankbar an Daniel weiter, der gewartet und zugesehen hatte.

Cole versuchte zu lachen. „Ich bin wirklich hilflos."

„Das wäre jeder. Ich bin sicher, in den nächsten paar Tagen kriegst du den Bogen raus." Daniel nahm Coles Zahnbürste und drehte das kalte Wasser auf, um sie zu befeuchten, ehe er säuberlich einen Strang Zahnpasta auf die Borsten drückte.

In den nächsten paar Tagen.

Mit flatterndem Puls steckte Cole die Zahnbürste in den Mund und versuchte, die schwindelerregende Leichtigkeit zu verbergen, die kurzfristig den Schmerz in den Hintergrund drängte. Morgen früh würden Justin und die anderen abfahren, und dann wären Cole und Daniel eine ganze Woche lang allein.

Eine ganze Woche, in der absolut nichts Romantisches passieren wird, also komm wieder runter.

Cole spülte sich den Mund aus, spuckte ins Waschbecken und ermahnte sich, die Kirche im Dorf zu lassen. Zwischen ihnen würde mit Sicherheit nie etwas passieren, aber trotzdem. Nur Freunde zu sein wäre schon fantastisch.

Während Daniel wieder im Schlafzimmer verschwand, schaffte Cole es, seine Schlafanzugshose und Unterhose weit genug runterzuziehen, um zu pinkeln. Sieg! Er ließ das Licht im Bad für Daniel an und blieb beim Betreten des Schlafzimmers wie angewurzelt stehen. Daniel stand nackt mit dem Rücken zu ihm, gebückt, weil er gerade in eine schwarze Schlafanzugshose stieg, die aussah, als könnte sie aus Seide sein.

Seine Schenkel- und Gesäßmuskeln spielten unter der Haut, als er sich aufrichtete und die Pyjamahose hochzog, die tief auf seinen schlanken Hüften hing. Eine Lampe auf dem Nachttisch sandte ihren warmen Schein über Daniels goldbraune Haut, und Cole schluckte krampfhaft, da seine Kehle wie ausgetrocknet war.

Als Daniel ein weißes T-Shirt anzog und sich umdrehte, hastete Cole um das Bett herum zu der Seite, die der Tür am nächsten war. Er schlug die Decke zurück und stieg vorsichtig hinein, wobei er betete, sein zuckender Schwanz möge wenigstens so lange schlaff bleiben, bis er verborgen war. Es war wirklich unangebracht, ihn so sehr zu begehren, wo doch Daniel einfach nur nett zu ihm war. Aber Cole konnte nichts gegen das Verlangen tun, das ihm heiß durch die Adern strömte.

Daniel ging um das Bett herum und stellte ein Glas Wasser auf den Nachttisch. „Trink was davon. Du wirst feststellen, dass es nicht aus einer Plastikflasche ist.“

Cole lächelte. „Danke.“

„Ich weck‘ dich in zwei Stunden auf und kontrolliere, ob alles okay ist.“

Cole trank, dann ließ er sich behutsam auf den Rücken sinken und legte sich zurecht, bis er genau die richtige Haltung gefunden hatte, in der seine Hand möglichst wenig schmerzte. Die Matratze war so breit, dass er kaum eine Erschütterung spürte, als Daniel unter die Decke schlüpfte und die Lampe ausknipste. Durch einen ungefähr dreißig Zentimeter breiten Spalt zwischen den dunklen Vorhängen fiel ein klein wenig Licht von draußen herein.

Vereinzelt schallte Geschrei oder Gelächter vom Whirlpool herauf, aber nur ganz entfernt. Die Wände des Chalets waren offensichtlich solide gebaut. Nach dem, was Cole bei einem flüchtigen Blick durchs Fenster gesehen hatte, schneite es immer noch, und der Mond war herausgekommen, da es auf Mitternacht zuging.

Also. Hier war er nun. Im Bett mit Daniel Diaz. Kein Ding.

Inmitten der körperlichen Schmerzen pochte sein Herz, und seine Haut kribbelte. Er schielte aus dem Augenwinkel nach Daniel, der ebenfalls auf dem Rücken lag und an die Decke starrte. Es gab so viele Fragen, die

Cole ihm gern gestellt hätte. Aber jetzt, da er in einem großen, flauschigen Bett lag – mit einer Matratze von der herrlich weichen Sorte, wie es sie in Hotels gab – konnte er sich dem Sog des Schlafs nicht widersetzen, und seine Augen fielen zu, als er den Kampf aufgab.

„COLE. WACH AUF.“

„Mmmm.“ Cole stöhnte. Er hatte Schmerzen und wollte nur schlafen. Warum war es so hell? Von wem träumte er da? Diese tiefe Stimme war so vertraut…

„Cole. Mach die Augen auf.“

Er stöhnte nochmal. Diese Stimme schickte ein Kribbeln durch seine Eier. Klang fast wie Daniel. Wo kam das Licht her? Mit einem weiteren Stöhnen öffnete er mühsam die Augen und blinzelte zu jemandem auf, der genau wie Daniel aussah und – *oh!* Mit einem Adrenalinstoß strömte alles wieder auf ihn ein. Sie teilten sich ein Bett im Chalet, und im Moment lag Daniel direkt neben Cole auf der Matratze und beugte sich über ihn.

„Wie heißt du?“, fragte er.

„Cole Smith. Du bist Daniel Diaz.“

Ein Lächeln spielte um Daniels Lippen. „Ja, der bin ich. Ich sollte dir eigentlich die Fragen stellen, bevor du antwortest. Wo studierst du?"

„An der Carleton, aber mein Programm ist was Gemeinsames mit der U von O. Kann ich noch einen Schluck Wasser haben?"

Daniel lehnte sich über ihn, um an das Glas zu kommen, dann stützte er Coles Kopf und half ihm beim Trinken. Es war verrückt, zu denken, dass Cole vor nicht mal vierundzwanzig Stunden alleine in seiner winzigen Wohnung aufgewacht war, bereit für einen weiteren Tag Recherche in der Bibliothek.

Tante Judy hatte ihn eingeladen, die Feiertage mit ihr und ihrer Familie zu verbringen, aber er hatte sein Geld nicht für den Flug nach Winnipeg verbraten wollen. Also hatte er sich dafür entschieden, Weihnachten allein zu verbringen, mit seinen Büchern und Netflix, und das war *völlig* okay so.

Aber Cole musste zugeben, dass es sehr viel besser war, mit dem Traum seiner Teenagerjahre neben sich im Bett aufzuwachen. Er trank einen weiteren Schluck und schüttelte den Kopf, als Daniel ihm noch mehr Wasser anbot.

Daniel fragte: „Was studierst du?"

„Umweltingenieurwesen. Spezialisiert auf Wasser- und Abwasseraufbereitung."

„Ah. Das klingt echt cool. Davon musst du mir mal

erzählen, wenn du keine Gehirnerschütterung hast. Wie fühlst du dich? Irgendwelche Schwindelgefühle oder neue Symptome?"

„Ich glaub' nicht. Kann ich jetzt weiterschlafen?"

„Ja." Daniel rollte sich weg und knipste die Lampe aus. Der Raum versank in Dunkelheit.

„WACH AUF, COLE."

Diesmal hatte Cole nicht vergessen, wo er war und warum Daniel hier war. Eine quirlige Welle der Begeisterung schwappte durch seinen Bauch. Er hatte Schmerzen, aber es war wundervoll, sich sicher und behütet zu fühlen, bevor er auch nur die Augen öffnete.

Daniel ist hier. Mir kann nichts passieren.

Vielleicht war es verrückt, so zu denken, wenn sie sich seit zehn Jahren nicht mehr gesehen hatten, aber er vertraute Daniel. Er wünschte, er könnte sich einbuddeln und Daniels Arme um sich fühlen.

Das stand nicht in den Karten, und so machte er gezwungenermaßen die Augen auf und blinzelte im grellen Lampenlicht. Daniel half ihm, zwei Tylenol zu nehmen und das Glas Wasser auszutrinken, dann verhörte er ihn über die grundlegenden Fakten seines Lebens.

Danach nickte Daniel und schaltete das Licht aus. „Diesmal stelle ich den Wecker für drei Stunden."

Erschöpfung zerrte dumpf an Cole, und dazu kam der pochende Schmerz, aber er fühlte sich merkwürdig wach. Nachdem seine Augen sich an die Dunkelheit gewöhnt hatten, sah er zu, wie Schneeflocken auf den schmalen, sichtbaren Streifen Fensterscheibe trafen. Bevor er es sich ausreden konnte, fragte er: „Was hast du vorhin gemeint? Mit ‚Zeeway…' irgendwas?"

In der Stille war er sich nicht sicher, ob Daniel antworten würde. Dann sagte Daniel: „Schlaf weiter."

„Ich kann nicht. Redest du ein bisschen mit mir?"

Erneut Schweigen. Dann, nach einigen Augenblicken, ein Seufzen. Daniel, der sich mit dem Gesicht zum Fenster zusammengerollt hatte, wälzte sich auf den Rücken. Er murmelte: „Es ist ein Akronym. CYC. Change your Cadence – ändere deinen Rhythmus. Ich war mit meiner Freundin Pam auf so einem bescheuerten Selbsthilfe-Seminar. Diese Ex-Marine hat ein Buch darüber geschrieben. Ändere deinen Rhythmus – du weißt schon, brich aus deiner Routine aus, geh Dinge anders an. Ich hab' mir gedacht, wenn ich es mal versuche, habe ich ja nichts zu verlieren." Er lachte verächtlich. „Nur meine Würde."

„Justin ist der ohne Würde. Du hast dieses tolle Haus

für ihn gemietet und er nutzt das aus? Scheiß auf ihn.“

Daniel blieb eine Zeitlang still. „Ich komme mir nur so dumm vor. Ich habe meine sämtlichen Instinkte ignoriert. Wegen eines *Selbsthilfe*-Seminars.“

„Könnte schlimmer sein. Du hättest einem Kult beitreten können.“ Daniels leises Lachen wärmte ihn. *Ich habe ihn zum Lachen gebracht.* „Du könntest jetzt eine Toga tragen und dich auf die Ankunft unserer außerirdischen Overlords vorbereiten.“

Daniel lachte erneut. „Das stimmt wohl.“

„Ich habe gehört, sie sollen gnädig sein. Vermerk‘ mich als skeptisch, aber gewillt, mich überzeugen zu lassen, falls die Aliens aussehen wie Han Solo.“ Er dachte darüber nach. „Ich glaube, in *Star Wars* sind eigentlich die Menschen die Aliens, stimmt’s?“

„Natürlich. Jeder, der nicht von der Erde stammt, ist technisch gesehen ein Außerirdischer. Und ich bin ganz deiner Meinung. Sexy Han Solo-Aliens dürfen bleiben.“ Er schwieg eine Zeitlang. „Danke, Cole. Du bist echt cool geworden.“

Ich bin cool! Daniel Diaz FINDET MICH COOL!

Cole räusperte sich. Er war keine dreizehn mehr. Er musste sich am Riemen reißen. „Ja. Du auch.“ Er rutschte herum, um seinen steifen Hals zu strecken, und zuckte zusammen, als Schmerz durch seinen Arm schoss,

rauf und runter wie ein *Autsch!* in einem Flipperautoma-
ten.

Daniel war plötzlich ganz nah und sagte: „Bist du
okay?" In der Dunkelheit konnte Cole gerade eben das
Schimmern seiner Augen und die deutliche Besorgnis in
ihnen erkennen. Sein Magen schlug einen Purzelbaum.
Er ist nur nett. Interpretiere bloß nichts hinein.

Cole brachte ein Lächeln zustande. „Ich vergesse
ständig meine Hand. Weiß auch nicht wie, wo doch
mein ganzer Arm puckert. Das Positive ist, dass mein
Kopf nicht mehr ganz so weh tut. Oder er ist inzwischen
taub. Was auch immer."

„Okay. Cool." Daniel rutschte wieder rüber auf seine
Seite, und Cole war es plötzlich kalt. Aber das bildete er
sich sicher nur ein. Trotzdem zog er mit seiner gesunden
Hand die Decke hoch.

Daniel sagte: „Wir sollten schlafen."

„M-hm." Cole hatte noch so viele Fragen, aber seine
Augenlider waren schwer, und er wusste, dass Daniel
morgen früh auch noch da sein würde.

Kapitel Fünf

NEBEN SEINEM FRÜHEREN Stiefbruder aufzuwachen war schon ein merkwürdiges Gefühl. Aber das Verrückteste daran war, dass es ihm eigentlich gar nicht so merkwürdig vorkam.

Durch den Spalt in den Verdunklungsvorhängen strömte fahles Licht herein. Daniel, der mit dem Rücken zum Fenster auf der Seite lag, konnte Coles entspannte Gesichtszüge einen halben Meter entfernt auf der anderen Seite des Bettes erkennen. Cole hatte ein paarmal versucht, sich auf die Seite zu drehen, aber jedes Mal hatte er sich mit einem leisen, schmerzerfüllten Laut wieder auf den Rücken gelegt und war wieder eingeschlafen. Sein Gesicht war Daniel zugewandt, und er wimmerte hin und wieder im Schlaf.

Die Decke war bis zu seiner Taille heruntergerutscht, aber es war warm im Zimmer. Coles Brust war unbehaart und überraschend muskulös. Seine Nippel waren eher pinkfarben als rötlich – nicht, dass das von Bedeutung gewesen wäre. Daniel wusste nicht einmal, warum er überhaupt darüber nachdachte. Er schüttelte den Kopf und streckte die Hand aus, um behutsam die Decke hochzuziehen.

Es war auf jeden Fall surreal, hier neben Cole zu liegen. Aber nicht unangenehm. Daniel hatte seit Trevor sein Bett mit niemandem mehr geteilt, platonisch oder nicht. Cole war praktisch ein Fremder, und doch war da ein gewisses Maß an Vertrautheit zwischen ihnen, die noch aus der Zeit stammen musste, als sie zusammengelebt hatten.

Daniel erinnerte sich kaum an Cole aus der kurzen Zeit, in der ihre Eltern verheiratet gewesen waren. Er hatte gewusst, dass die Ehe nicht halten würde, und er hatte einfach nur die Highschool fertig machen und entkommen wollen. Er konnte sich nicht entsinnen, sich überhaupt jemals groß Gedanken um Cole gemacht zu haben.

Doch der erwachsene Cole war ein guter Zuhörer, und sich mit ihm zu verschanzen gewährte ihm Zuflucht vor Justins beschissenem Verhalten. Etwas an ihrer geflüsterten Unterhaltung im Dunkeln letzte Nacht hatte eine Erinnerung geweckt, die Daniel jetzt nicht mehr aus dem Kopf ging.

Das Bad, das er und Cole sich geteilt hatten, lag zwischen ihren Zimmern, mit einer Tür nach jeder Seite. Sie hatten die Türen normalerweise angelehnt gelassen und sie nur geschlossen, wenn das Bad in Benutzung war.

Er war nachts zum Pinkeln aufgestanden und barfuß zur Toilette getappt. Dazu brauchte er kein Licht, und er hatte sich nicht die Mühe gemacht, die Türen zu schließen. Als er fertig war und seinen Schwanz gerade wieder in der Boxershorts verstaute, rief eine leise Stimme nach ihm.

„Daniel?"

Er ging zu Coles Tür und steckte den Kopf durch den Spalt. „Äh, ja? Ist dir schlecht oder so?"

In seinem schmalen Bett unter den Postern der Toronto Maple Leafs, mit denen die Wände zugekleistert waren, setzte Cole sich auf. „Nein. Ich wollte nur sagen, dass ich dich und Trevor ganz toll finde. Ihr seid so mutig."

Daniel blinzelte. „Oh." Seine Wangen wurden heiß vor Scham. Er hatte den Jungen mehr oder weniger ignoriert, seit ihre Eltern zusammen waren. „Ähm, danke." Er wusste nicht, was er sonst noch sagen sollte, daher beließ er es bei: „Du solltest jetzt weiterschlafen."

Am Abend zuvor hatte Daniel Trevor zum Essen mit nach Hause gebracht, und sie hatten verkündet, dass sie schwul und ineinander verliebt waren. Daniel konnte jetzt zugeben, dass er insgeheim gehofft hatte, seine Mom und Coles Dad würden ausrasten. Es war ganz und gar nicht um Mut gegangen, sondern um den trotzigen Wunsch, Ärger zu verursachen.

Pfui Teufel. Was war ich doch für ein Arschloch.

Sein Handy summte, und er streckte sich, um Coles unverletzte Schulter zu berühren. Seine Finger streiften kaum Coles Haut. „Cole. Wach auf." Cole murmelte etwas vor sich hin, und Daniel rückte näher, bis er die Hand ganz um Coles Schulter legen konnte. „Hey." Er drückte.

Cole fuhr aus dem Schlaf und riss die Augen auf. „Hä?"

„Schsch. Ist schon gut." Daniel drückte ihm erneut sanft die Schulter. Sie war warm unter seiner Handfläche. „Zeit für dein Quiz. Wie heißt du?"

Er entspannte sich und gähnte herzhaft. „Cole Smith."

„Wer ist Premierminister?"

„Hoffentlich immer noch Justin Trudeau, sonst wär's mir vielleicht sogar recht, wenn ich ins Koma fallen würde."

Daniel lachte leise. „Wie fühlst du dich?"

Cole stöhnte auf. „Ganz gut, glaube ich. Kann ich

noch ein paar Tylenol haben?“

„Klar.“ Daniel setzte sich auf und griff nach der Dose und dem Wasser, das er auf den Nachttisch gestellt hatte. „Was tut dir weh? Immer noch der Kopf?“

„Ja. Ist aber schon ein bisschen besser. Meine Hand puckert.“

Daniel schob eine Hand unter Coles Hinterkopf und half ihm, die Tabletten zu schlucken. Dann notierte er sich in seinem Handy die Zeit und die Dosis und fügte auch die Dosis von letzter Nacht hinzu.

„Eine letzte Frage. Wie fies war ich zu dir, als unsere Eltern verheiratet waren?“

Cole blinzelte ihn mit trübem Blick an, dann rieb er sich mit der rechten Hand die Augen. „Du warst ganz okay. Mach dir da mal keine Gedanken.“

„Äh. Das bedeutet, ich war ein *totaler* Kotzbrocken, oder? War ich überhaupt einmal nett zu dir?“ Er rollte sich unter der Decke auf der Seite zusammen.

Nach kurzem Schweigen sagte Cole: „Es war ja nicht so, als wärst du *fies* gewesen. Du hast mich nur die meiste Zeit ignoriert. Das verstehe ich. Du warst stinksauer, weil du zu uns ziehen und die Schule wechseln musstest. Aber als du erst mal mit Trevor zusammen warst und ihr euch geoutet habt, warst du nicht mehr so wütend.“

Das kam ungefähr hin. Die Erinnerung an Trevors

strahlendes Lächeln und seinen blonden Wuschelkopf war wie ein stumpfes Messer zwischen die Rippen, selbst nach so vielen Jahren. Vor allem, wenn er daran dachte, wie aufregend es gewesen war, als sie sich zum ersten Mal geküsst und nach dem Einzeltraining im Umkleideraum der Eishalle rumgemacht hatten. Trevor schien perfekt für ihn zu sein. Daniel hatte vier Jahre gebraucht, um zu merken, wie gründlich er sich geirrt hatte.

„Tut mir leid, dass ich nicht netter war. Und es tut mir leid, dass ich dir nicht geholfen habe. Du weißt schon, weil du auch schwul bist."

„Aber du *hast* mir geholfen. Deinetwegen bin ich mir darüber klar geworden." Im fahlen Licht der Morgendämmerung wurden Coles Wangen rot. „Ich meine, weil du dich geoutet hast und so unerschrocken warst. So mutig."

Daniel schnaubte. „Glaub' mir, ich war nicht so mutig, wie ich gewirkt habe."

„Es hat schon Mumm dazu gehört, sich in der Highschool zu outen. Du und Trevor, ihr wart total ‚out and proud' und alles. Wenn du dich mal entschieden hattest, was zu machen, hast du das volle Programm durchgezogen."

„Kann schon sein. Anfangs hatte ich schreckliche Angst, als ich in der Schule mit Trevor Hand in Hand den Flur entlang gelaufen bin. Aber abgesehen von ein paar Idioten sind alle ganz locker damit umgegangen. Sogar unsere Eltern. Meine Mom ist gleich am nächsten Tag bei PFLAG Mitglied geworden."

Cole lächelte. „So ist Claudia eben. Und ja, mein Dad hat ganz cool reagiert. Meine Mom war wunderbar." Sein Blick wurde versonnen und nachdenklich. Doch bevor Daniel ihm unbeholfen sein Beileid aussprechen konnte, rieb Cole sich das Gesicht und sagte: „Wie auch immer. Mach dir keine Gedanken über die Vergangenheit. Du machst gerade sämtliche Fiesheiten von damals wieder wett, nachdem ich uneingeladen in deinen Urlaub reingeplatzt bin. Obwohl ich beim Reinplatzen anscheinend jede Menge Gesellschaft habe."

Daniel verzog das Gesicht. „Kann man wohl sagen."

„Ich glaube, du musst im neuen Jahr ein paar Aufhebungsgespräche einplanen", neckte Cole.

„Das ist mal ein verlockender Gedanke." Im Haus war alles still, aber schon bald würde er Justin und die anderen aufwecken und zum Teufel jagen können. „Ich lasse sie noch ein bisschen schlafen, und dann schmeiß' ich sie raus."

„Ja? Ich war mir nicht sicher, ob du es dir nicht anders überlegst, wenn du dich erst mal ein bisschen beruhigt hast." Rasch fügte er hinzu: „Nicht, dass du nicht wütend sein solltest. Oder es dir anders überlegen solltest."

„Wie du gesagt hast, wenn ich einmal eine Entscheidung getroffen habe, mache ich keinen Rückzieher mehr. Die können woanders weiterfeiern. Melanie, Paul und Jean-Luc scheinen ganz okay zu sein, aber ich will trotzdem, dass sie alle verschwinden."

„M-hm. Absolut. Dann bleiben also nur du und ich, nehm' ich an."

Darüber hatte Daniel eigentlich noch gar nicht nachgedacht. „Ich schätze schon."

Merkwürdigerweise wurde ihm bei dem Gedanken, die Woche mit Cole zu verbringen, geradezu warm ums Herz. „Ist dir das recht?"

„Natürlich!" Coles Stimme hatte wieder dieses Kieksen. Er räusperte sich. „Ich meine, ja. Klar. Das Haus hier ist fantastisch. Ich kann's kaum erwarten, es im Tageslicht zu sehen."

„Apropos Tag…" Daniel schlug die Decke zurück und ging zum Fenster. Er zog seine Pyjamahose hoch, die ihm von den Hüften gerutscht war, und kratzte sich unter dem T-Shirt die Brust. Dann zog er die Vorhänge auf und blinzelte ins Licht. Für einen Moment starrte er verdutzt auf die endlose weiße Wand. Dann rutschte ihm der Magen in die Kniekehlen.

„Ach du Scheiße."

MIT VERSCHRÄNKTEN ARMEN stand Daniel vor dem riesigen Fenster auf der Seite des Chalets, die der Auffahrt zugewandt war. Neben ihm trat Justin nervös von einem Fuß auf den anderen und sagte: „Ich glaube nicht, dass es der Minivan auch nur bis zur Straße schafft, bevor der Schneepflug kommt. Jean-Lucs Mom hat nur Allwetterreifen drauf, keine Winterreifen. Verrückt, ich weiß, aber anscheinend fährt sie im Winter kaum."

Wenigstens wirkte Justin bei Tageslicht ein wenig reumütig – jetzt, wo er wieder nüchtern war. Er schielte zum Himmel hinauf, aus dem immer noch dichter Schnee fiel. „Sieht nicht so aus, als würde das so bald aufhören."

Hinter ihnen sagte Melanie: „Laut meiner Wetter-App soll es den ganzen Tag schneien. Chance auf Schneefall hundert Prozent. Vielleicht müssen wir doch bei dir und deinem Bruder bleiben, wenn wir hier nicht wegkommen."

„Er ist nicht mein Bruder", sagten Daniel und Cole einstimmig.

Cole trat ebenfalls ans Fenster, immer noch in seiner Flanell-Schlafanzugshose. Doch jetzt trug er dazu ein grünes Sweatshirt, das geräumig genug war für seinen Gips. Das Orange und Weiß, unter dem seine Fingerspitzen kaum zu sehen waren, ragte heraus.

Jean-Luc kam hinzu. „Ich habe gerade über das Festnetz sämtliche Hotels in Tremblant abtelefoniert. Sie sind alle voll.“

Wie nicht anders zu erwarten; schließlich waren Weihnachtsferien. Daniel biss die Zähne zusammen. „Dann bleibt ihr wohl alle bis morgen.“

Jean-Luc sagte: „Danke, Dan.“ Er funkelte Justin an. „Wir hatten wirklich keine Ahnung, dass wir nicht eingeladen waren.“

„Es heißt Daniel“, sagte Cole. „Er hasst es, Dan genannt zu werden.“

„*Merde!*“ Jean-Luc schüttelte den Kopf. „Hab's vergessen.“

Daniel warf Cole ein leichtes Lächeln zu und sagte dann: „Schon gut. Nach einer Weile habe ich im Büro aufgehört, mich zu wehren.“

Justin schlängelte sich näher heran. „Soll ich stattdessen Danny zu dir sagen?“

„Nein.“ Daniels Blick war so vernichtend wie die Laserstrahlen des Todessterns.

Justin stieß einen tiefen Seufzer aus und zog wahrhaftig einen Flunsch. „Ich hab' doch gesagt, dass es mir leid tut. Willst du den ganzen Tag grummelig sein?"

Melanie sagte: „Mann, ich kann es dir nicht verdenken. Aber hey, lass mich nur eben Paul aufwecken, dann machen wir Frühstück. Sein French Toast ist ein Traum."

Daniel stöhnte auf. „Mist! Ich wollte heute ins Dorf fahren und Lebensmittel einkaufen."

„Keine Sorge! Paul und ich haben Challah und Ahornsirup mitgebracht. Und Bacon, natürlich", fügte sie eifrig hinzu. „Und der Vorratsschrank ist voller Grundnahrungsmittel, und dann sind noch Hähnchensticks und Burger da, die jemand zurückgelassen haben muss. Außerdem hat Jean-Luc haufenweise Chips dabei. Oh, und es ist auch ein ganzes Glas Popcornmais da, und jede Menge Öl. Ich habe gestern Abend gedanklich Inventur gemacht. Ich esse wirklich gern."

Daniel atmete tief durch. Es hatte keinen Sinn, sauer auf sie zu sein, wenn sie sich so große Mühe gab, nett zu sein. Falls sie, Paul und Jean-Luc wirklich nur so taten, als hätten sie nicht gewusst, dass sie nicht eingeladen waren, dann waren sie ziemlich gute Schauspieler.

Er sagte: „Cool. Danke, Melanie. Wenn ihr Frühstück machen könntet, wäre das toll."

„Sind schon dabei." Sie machte eine ‚Daumen hoch'-Geste und eilte davon.

„Weißt du, wir können immer noch Spaß haben." Justin ließ eine Hand an Daniels Arm hinauf gleiten.

Daniel zuckte zurück und ging in Richtung Küche. „*Diese* Art von Spaß werden wir ganz sicher nie wieder haben."

Mike, der Typ mit der breiten Brust, der gerade verschlafen die Treppe heruntergeschlurft kam, murmelte: „Sag niemals nie. Justin würde alles tun, um eine Wette zu gewinnen." Er fuhr sich mit einer Hand durch seinen wuscheligen braunen Haarschopf.

Daniel machte so abrupt Halt, dass er in seinen Socken auf dem Parkett noch ein paar Zentimeter weiter schlitterte. Der klebrige, kribbelnde Klumpen Demütigung, der ihm seit gestern Abend im Leib saß, spreizte die Finger aus. Er drehte sich um und sah Justin an, der Mike am Fuß der Treppe mit Blicken erdolchte. Cole und Jean-Luc schauten vom Fenster aus zu.

Daniel stieß mit zusammengebissenen Zähnen hervor: „Was soll das heißen?"

Justin verdrehte unbekümmert die Augen. „Louise hat mit mir gewettet, dass ich dich nicht rumkriegen würde. Ich hab' ihr gesagt, dass ich das auf dem Parkplatz schon getan habe, aber sie ist skeptisch."

Eisige Wut rieselte Daniels Rücken hinab. „Mich rumkriegen."

„Du weißt schon, dir diesen gigantischen Stock aus dem Arsch ziehen und stattdessen meinen Schwanz reinstecken? Oder du könntest mich ficken." Er machte eine wegwerfende Handbewegung. „Was auch immer."

Es war eine *Wette* gewesen.

Gerade, als Daniel geglaubt hatte, er könnte nicht schlimmer gedemütigt werden. Sein Gesicht brannte, und er wünschte, der Parkettboden würde sich auftun und ihn verschlingen.

Mel und Paul kamen die Treppe herunter, und Mel fragte: „Was ist denn los?"

Justin machte sein blödes, schändliches, gehässiges Maul auf, aber da sagte Cole: „Daniel, mir ist nicht gut. Kannst du mich raufbringen?"

„Oh, du Ärmster!" Mel machte viel Aufhebens um Cole, während Daniel seine Füße zwang, sich zu bewegen. Links, rechts, links, rechts. Er griff nach Coles gesundem Arm und führte ihn die Treppe hinauf, froh um die Wärme unter seinen Fingern. Feuer und Eis lieferten sich eine Schlacht in seinen Adern. Von unten drang Justins Kichern und das Gemurmel von Stimmen herauf, und Daniel hätte am liebsten geschrien.

Er tat es nicht. Er ging mit Cole wieder ins Schlafzimmer und machte die Tür hinter ihnen zu. Mit mühsam beherrschter Stimme fragte er: „Muss du dich übergeben?"

„Ja, aber nur wegen diesem Stück Scheiße da unten."

Daniel atmete auf, und das Eis schmolz in einer Welle von Dankbarkeit, unter der die Scham weiter schwelte. „Danke, dass du mich da rausgeholt hast. Gott, du musst mich ja für erbärmlich halten."

Coles schmale Augenbrauen zogen sich zusammen. „Nein, ich halte ihn für einen gewaltigen Versager. Einen gigantischen. Enormen. Monumentalen. Kolossalen. Elefantösen." Er schien nachzugrübeln. „Mordsmäßigen. Riesengroßen. Überdimensionalen Versager."

Ein leises Lachen stieg in ihm hoch, und Daniel holte tief Luft. „Danke."

„Ich spiele oft *Words with Friends*."

Daniels Lächeln verschwand. „Ich weiß nicht, wie ich mich von ihm einwickeln lassen konnte."

„Von so einer Schlange? Ich wette, er kann ganz schön charmant sein, wenn er will. Und es ist nicht schwer, zu sehen, was man sehen will. Vor allem…"

Nach einem kurzen Moment fragte Daniel: „Was?"

„Vor allem, wenn man einsam ist."

Daniel wollte widersprechen, machte sogar den Mund auf und holte Luft, doch die Verleugnung kam einfach nicht heraus. „Ich bin wirklich erbärmlich."

„Nein, er ist es. Soll ich dir noch ein paar Synonyme auflisten, um zu beschreiben, was für eine Niete dieser Wichser ist?"

„Schon gut. Aber danke."

„Weißt du, ich glaube, diese Woche läuft ein *Star Wars* Marathon im Fernsehen. Auf TBS zeigen sie die Filme immer wieder." Er deutete mit dem Kopf auf den Flachbildschirm-Fernseher an der Wand gegenüber vom Bett. „Wir könnten nachsehen, bei welchem Film sie gerade sind."

Das hörte sich wie die beste jemals vorgeschlagene Idee der Weltgeschichte an. Aber Cole brauchte sich nicht hier einzusperren, um Daniel Gesellschaft zu leisten. „Die Ärztin hat nicht gesagt, dass du im Bett bleiben musst."

„Aber sie hat nicht gesagt, dass ich das nicht darf." Er ließ sich auf die Matratze plumpsen und schnitt dann eine Grimasse. „Nicht vergessen: du musst es trotzdem ruhig angehen lassen."

Daniel stopfte Cole ein paar Kissen in den Rücken und schaltete den Fernseher ein. Cole sagte: „Äh, vielleicht solltest du besser ein Kissen für dich aufheben."

„Nee, das Kopfteil ist gepolstert. Ich brauch keins. Hast du Hunger?"

„Ein bisschen?“

Es klopfte zaghaft an der Tür. Daniel ging aufmachen, und da stand Mel und nagte an ihrer Lippe. „Hey. Ist Cole okay?“

„Ja, aber ich glaube, wir bleiben einfach hier und chillen. Er muss sich schonen, und ich will mich um ihn kümmern.“

„Absolut. Ich sorge dafür, dass wir unten leise sind. Keine Musik. Wir hängen einfach im Whirlpool ab und bleiben euch vom Leib. Falls das okay ist?“

„Natürlich.“

Sie verzog das Gesicht. „Jean-Luc hat was von einer Wette gesagt? Davon wussten wir wirklich nichts. Es tut mir leid, Dan. *Daniel!* Mist, ich krieg das noch hin. Versprochen.“

„Ist schon okay.“ Er lächelte sie an. „Ich weiß es zu schätzen, dass du's versuchst.“

„Wollt ihr Frühstück? Ich habe in der Küche ein paar Tabletts gesehen. Wir könnten euch was raufbringen.“

„Danke. Das ist wirklich nett von dir.“

Sie schüttelte den Kopf und winkte ab. „Das ist doch das Mindeste, was ich tun kann, um diesen Mistkerl wieder wettzumachen. Paul und ich haben die Nase voll davon, mit ihm und seinen Lakaien rumzuhängen. Jean-Luc auch. Wir werden allmählich zu alt für diese

Scheiße."

Sie fragte ihn und Cole über ihre Frühstückspräferenzen aus, und Daniel schloss die Tür wieder. Er ging ums Bett herum, um sein Handy zu holen, und fragte Cole: „Ist das Licht zu hell? Soll ich die Vorhänge zuziehen?"

„Nein, danke. Meinem Kopf geht's wirklich besser. Ich sag' dir Bescheid, falls sich das ändert."

„Cool. Ich glaube, bei einer Gehirnerschütterung können die Symptome kommen und gehen." Er tippte auf sein Handy. „Ich würde es googeln, aber das WLAN funktioniert eindeutig nicht."

Er warf einen Blick nach unten auf seine Pyjamahose. Normalerweise hätte er um diese Zeit bereits Sport gemacht, geduscht, sich angezogen und würde an seinem Schreibtisch sitzen. Er versuchte erneut, eine Verbindung zu bekommen. Keine Chance. „Es ist so komisch, dass ich jetzt nicht bei der Arbeit bin."

„Es ist Samstag."

„Ach ja, stimmt. Naja, dann würde ich zuhause arbeiten."

„Außerdem hast du Urlaub und die Firma ist geschlossen. Stimmt's?"

Wohlbekannte Gereiztheit flammte auf. „*Ja*, aber es gibt immer was zu tun."

Cole betrachtete ihn ungerührt und anscheinend kein bisschen eingeschüchtert. „Ja, natürlich. Und das wird nach den Feiertagen erledigt. Davon geht die Welt nicht unter.“

„Ich weiß, ich weiß. Ich arbeite zuviel. Ich nehme meine Arbeit eben wichtig, okay? Sie *ist* mir wichtig!“

Cole betrachtete ihn immer noch mit skeptischer Miene. „Ja, meine Masterarbeit ist mir *überhaupt* nicht wichtig.“

„So habe ich das nicht gemeint.“

„Wie hast du's dann gemeint?“, fragte Cole ruhig. „Dass anderen Leuten ihre Arbeit egal ist, wenn sie keine Workaholics sind?“

„Nein! Ich habe nur…“ *Ich habe nur nichts anderes.* „Ich bin es nur gewohnt, meine E-Mails zu checken und den Überblick zu behalten, damit sich nichts anhäuft. Das ist alles.“ Es klang selbst für seine Ohren schwach.

„Naja, dann wirst du jetzt wohl in dieser Hinsicht deinen Rhythmus ändern, ob es dir passt oder nicht.“

Die Spannung löste sich, und Daniel musste lachen. „Ich glaube schon.“

Cole nickte in Richtung Fernseher, wo Lichtschwerter aufeinander krachten. „Wir haben Glück. Episode drei ist fast zu Ende, also kommen wir gerade rechtzeitig für die Filme, die nicht scheiße sind.“

Daniel ging wieder zu seiner Seite des Bettes und stellte fest, dass Cole ihm zwei der Kissen zurückgegeben hatte. Er machte es sich bequem und schaute zum Fernseher. „Oh, ich glaube, Padme stirbt gleich an gebrochenem Herzen."

Cole schnaubte. „Ich hasse das. Ich meine, sie hat gerade zwei Babys gekriegt, die sie brauchen. Und jetzt stirbt sie an gebrochenem Herzen wegen diesem weinerlichen Flachwichser von Anakin? Dafür war sie doch viel zu taff."

„*Danke*. Ich hasse das auch."

„Und hör mir bloß auf mit Hayden Christensens schauspielerischer Leistung in diesen Filmen."

Daniel intonierte mit eintöniger, hohler Stimme die berühmteste Zeile des oberpeinlichen Sand-Dialogs. „*Ich mag Sand nicht. Er ist kratzig und rau und unangenehm. Er ist einfach überall.*"

Coles Miene hellte sich auf, und er brach in Gelächter aus. „Bring mich bloß nicht zu sehr zum Lachen! Ich habe eine Gehirnerschütterung, weißt du."

Und doch – während sie French Toast und Bacon aßen (da Cole darauf bestanden hatte, dass sein Magen das vertragen konnte) und zusahen, wie Prinzessin Leia mit R2D2 schmuste, wollte Daniel ihn immer wieder zum Lachen bringen, nur um das Grübchen zu sehen, das dabei in seiner linken Wange entstand.

„WENN DU BEDENKEN hast, können wir einfach den ganzen Abend hier bleiben", sagte Cole. „Das ist okay für mich."

Daniel zog sich einen weichen, anthrazitfarbenen Pulli über den Kopf und zupfte ihn sanft zurecht, um sicher zu gehen, dass er faltenfrei saß. „Ich weiß, aber ich will beweisen, dass er mir gleichgültig ist. Dass mich das alles völlig kalt lässt."

„Das verstehe ich vollkommen."

„Aber du kannst hier bleiben. Dich ausruhen." Daniel hoffte insgeheim, dass Cole mit nach unten kam. Er würde sich besser fühlen, wenn er nicht alleine war. Nicht, dass er mit sechs anderen Leuten *allein* sein würde, aber… „Ganz im Ernst, ich komme schon klar."

Cole trug immer noch Sweatshirt und Pyjamahose. „Ich hab' für heute genug geschlafen. Ich bin immer noch sauer, dass ich die erste Hälfte von *Empire* verpennt habe."

„Den holen wir nach, wenn er morgen nochmal läuft. Oder übermorgen. Das hat keine Eile." Sie würden den Rest der Woche zusammen haben – eine Aussicht, die Daniel zunehmend reizvoller fand. Er musste seiner

Mutter Recht geben: er hätte schon vor Monaten mit Cole in Kontakt treten sollen.

Die Auffahrt war endlich freigeschaufelt worden – von einem Mann in einem Pickup-Truck mit Schneepflug, den die Eigentümer des Chalets beauftragt hatten und der sich tausendmal entschuldigt hatte – und die Hauptstraßen waren inzwischen ebenfalls geräumt. Von morgen früh an würden er und Cole zum Glück allein sein. Daniel war schwer in Versuchung gewesen, die anderen augenblicklich rauszuschmeißen, sobald die Auffahrt freigescharrt war, aber sie hatten getrunken.

Er betrachtete sich in einem langen Spiegel, der in der Ecke stand, und strich seine feuchten Locken glatt. Er hatte geduscht und sich rasiert und mit Eau de Cologne eingesprüht. Was alles ausgesprochen bescheuert war, aber ein Funken Stolz glühte hell.

„Du siehst super aus", sagte Cole. „Also los, auf geht's. Zeig' diesem Idioten, was er verpasst."

Mit hocherhobenem Kopf ging Daniel voran und achtete darauf, dass Cole mit der Treppe zurechtkam. Die anderen lungerten auf den Ledersofas beim offenen Kamin herum. Sie hatten anscheinend vorerst genug im Whirlpool gesessen und trugen T-Shirts und Jogginghosen. Das würde schon gut gehen. Er würde Justin zeigen, dass er die Ruhe selbst und kein bisschen verletzt war. Er würde –

„Pflicht", sagte Melanie. „Denk' ich."

Daniel rutschte das Herz in die Hose. Er würde offensichtlich an einer Runde „Wahrheit oder Pflicht" teilnehmen. Er konnte jetzt nicht mehr den Rückzug antreten, wo sie ihn alle schon gesehen hatten. Mit Cole an seiner Seite ging er weiter und setzte sich, als wäre nichts gewesen. *Nein. Überhaupt nichts los hier. Innerlich kalt und tot und völlig unerschütterlich.*

„Hey!" Jean-Luc grinste. „Geht's dir besser, Cole? Willst du ein Bier?"

„Viel besser", sagte Cole. „Danke. Und nein, ich darf ein paar Tage lang keinen Alkohol trinken, bis ich sicher bin, dass mein Kopf wieder klar ist."

„Du musst es nüchtern mit Mr. Brummbär aushalten?" Justin verzog das Gesicht. „*Vaya con dios.*"

Mike stöhnte auf. „Es reicht, Mann. Du hast die Wette verloren. Find' dich damit ab. Spielen wir jetzt oder was?" Er trank einen großen Schluck aus seiner Bierflasche.

„Ich fordere dich heraus, mich zu küssen", sagte Paul zu Melanie, die vor dem Kaffeetisch auf dem Boden saß und zwischen seinen Knien am Sofa lehnte.

Sie verdrehte die Augen, hob den Kopf und gab ihm einen flüchtigen Kuss. Dann sagte sie: „Cole, willst du als nächster?“

Daniel wollte schon darauf pochen, dass Cole nicht verpflichtet war, diese dummen Spielchen mitzuspielen, doch Cole hob seinen Gipsarm und sagte: „Ich kann im Moment nicht allzu viele Herausforderungen annehmen. Also dann, Wahrheit.“

Justins blaue Augen funkelten, und er fragte mit gespielt unschuldiger Miene: „Wie scharf warst du auf Daniel, als ihr Kinder wart?“

Cole stotterte und wurde puterrot. Melanie, Paul und Jean-Luc stöhnten auf, während Louise vor Lachen kreischte und Mike an seiner Bierflasche nuckelte. Zorn packte Daniel wie eine Flutwelle. Wie konnte Justin es *wagen*, Cole zu drangsalieren? Daniel war kein gewalttätiger Mensch, aber jetzt brannte er darauf, Justin die arrogante Fresse zu polieren.

Er schaffte es, sich zu beherrschen, und knurrte mit zusammengebissenen Zähnen: „Mach‘ dich nicht lächerlich.“

Melanie schüttelte den Kopf. „Du bist so ekelhaft, Justin.“

Justin trank einen Schluck Bier und zuckte die Achseln. „Ihr behauptet doch selber andauern, dass ihr keine Brüder seid.“

„Wir sind keine! Das heißt nicht, dass wir jemals…“

Daniel verzog das Gesicht, da wütende Ablehnung in ihm aufbrandete. Cole und er würden niemals etwas miteinander anfangen! Sie waren keine Brüder, aber es wäre trotzdem ganz und gar unangebracht.

Nicht wahr?

Während Justin vor Lachen brüllte, schossen Daniel Bilder vom Zusammensein mit Cole durch den Kopf. Cole zu küssen, seine Haut zu berühren, ihre Körper aneinander zu pressen –

Was zum Teufel ist bloß los mit mir?

Paul sagte zu Justin: „Ich weiß wirklich nicht, warum ihr solche Scheißtypen sein müsst, deine Lakaien und du. Hab' ich es dir nicht gesagt, Mel? Kein Whirlpool ist das wert."

Daniel schwirrte der Kopf. Er hätte entsetzt sein sollen, dass er auf diese Art an Cole dachte – oder allenfalls hätte es in kalt lassen sollen. Und dennoch kribbelten seine Eier, und das Feuer seines anfänglichen Widerstrebens verwandelte sich in eine andere Art von Wärme. Es war nicht möglich. Seit Jahren hatte er sich niemandem mehr so verbunden gefühlt, und jetzt... *Cole?*

Er warf einen Blick auf Cole, dessen Gesicht wie von Schmerz verzerrt war. Daniel schob seine Verwirrung beiseite und fragte: „Brauchst du noch eine Tylenol?"

Cole schüttelte den Kopf und senkte den Blick, und Jean-Luc sagte: „Ich bin dran. Pflicht."

Mike rülpste und meinte: „Zieh dich nackt aus, geh raus und mach' einen Schnee-Engel."

„Mehr hast du nicht drauf?" Jean-Luc verdrehte die Augen und stand auf. Er zog sich aus und warf seine Sachen auf einen Haufen.

Daniel versuchte verzweifelt, sich auf Jean-Lucs Possen zu konzentrieren statt auf das völlig unangebrachte Aufblitzen von Verlangen nach Cole. Es war verrückt, so etwas zu empfinden. Er war nur verwirrt und hatte sich wegen Justin in etwas hineingesteigert.

Richtig?

Alle standen auf, um vom Fenster aus zuzusehen, wie Jean-Luc draußen herumhüpfte. Daniel folgte und rang sich ein Lachen ab, als Jean-Luc sich in den Schnee fallen ließ und johlend mit Armen und Beinen ruderte. Coles Lächeln wirkte gezwungen, und Daniel neigte sich zu ihm.

Sei normal. Alles ist normal.

„Bist du sicher, dass du kein Tylenol brauchst?"

Coles Blick blieb auf Jean-Luc gerichtet, der jetzt über die Veranda und wieder ins Haus spurtete. „Nein, danke." Seine Stimme war ruhig.

Alles ist okay. Völlig normal. Hier gibt's nichts zu sehen, nur diesen nackten Typen, der mein Kollege ist.

Jean-Luc schüttelte sich und flitzte zum Kamin, offenbar völlig ungeniert wegen seiner Nacktheit. Er nahm von Melanie ein Handtuch entgegen und starrte Mike mit zusammengekniffenen Augen an. „Du bist dran. Wahrheit oder Pflicht?"

Nur ein Vollidiot hätte jetzt ‚Pflicht' gewählt, also reckte Mike natürlich das Kinn und sagte: „Pflicht."

Daniel musste gestehen, es machte ihm überhaupt nichts aus, dass Mike die ganze Zeit jammerte, als er sich die Brusthaare abrasieren musste.

„HEY, BABE."

Daniel, der gerade in der Küche Geschirr spülte, stöhnte innerlich. Die anderen waren wieder in den Whirlpool gegangen und Cole hatte sich nach oben zurückgezogen, um sich auszuruhen. Daniel hatte nur kurz aufräumen und ihm dann folgen wollen.

Weil ich mich vergewissern will, dass es ihm gut geht. Nicht, weil ich ihn bespringen will oder so.

Anscheinend musste er sich vorher erst nochmal mit Justins Schwachsinn befassen. Er drehte sich um und setzte eine gelangweilte Miene auf, als Justin sich an ihn heranmachte, ein Funkeln in den Augen und nur mit einem Handtuch um die Hüften, unter dem er wahrscheinlich seine superknappe Speedo trug. Justin stellte seine straffen Muskeln und seinen Waschbrettbauch zur Schau, die Brust herausgestreckt, als wäre er auf einem Laufsteg.

Daniel konnte es nicht fassen, dass er für Justin je etwas anderes als tiefste Abscheu empfunden hatte. Er würde seinen Rhythmus nie wieder in diesem Maß ändern. Nein. Sein Rhythmus war völlig okay.

Er hatte die Arbeitsplatte im Kreuz, und er hätte Justin zwar wegstoßen können, aber er wollte nicht zeigen, wie ihm zumute war. Er wartete ab, was für ein Spielchen Justin jetzt spielte.

„Weißt du, wir könnten heute Abend immer noch eine Menge Spaß haben." Justin fasste Daniel zwischen die Beine und drückte zu.

„Werden wir aber nicht." Er empfand nichts als Verachtung. „Ich muss raufgehen und nach Cole sehen. Also, wenn du hier fertig bist..." Er machte eine Handbewegung, als wollte er eine Fliege verscheuchen.

Justin versteifte sich und ließ los. Dann verzerrte sich sein Gesicht, und er fletschte praktisch seine viel zu weißen Zähne. „Oh ja, geh nur nach deinem kostbaren Cole schauen. Der übrigens total auf dich steht. Ich weiß, du bist voll behindert, wenn es um Sex geht, aber" –

„Benutz nicht dieses Wort, du Arschloch."

„Was, ‚Sex'? Du bist wirklich prüde. Eins kann ich dir sagen, dieser Blowjob in deinem Auto, das war Schwerstarbeit. Ich musste noch nie so ackern, um einen Kerl zum Abspritzen zu bringen."

Daniel zuckte die Achseln. „Nicht meine Schuld, wenn deine Technik zu wünschen übrig lässt."

Justin zuckte zurück, als hätte er eine Ohrfeige bekommen. „Nur damit du's weißt, meine Technik ist *legendär*!"

Daniel ignorierte das, da ihm gerade bewusst wurde, was Justin vorhin noch gesagt hatte. „Und du hast zu viel Gras geraucht, wenn du denkst, dass Cole" –

„Im Handumdrehen auf deinen Schwanz hüpfen würde, wenn du ihn lassen würdest? Glaub mir, Danny. Weißt du, ich könnte euch armen Jungs aushelfen. Wir drei könnten *so* viel Spaß miteinander haben. Mach dich endlich mal locker."

Jetzt stieß Daniel ihn tatsächlich weg. Scharfkantige Erinnerungen an Trevor wirbelten in seinem Kopf herum. „Leck mich." Seine Brust war eng, und er konzentrierte sich darauf, mit ruhiger Stimme zu sprechen. *Ich bin innerlich kalt und tot. Ich kann mich eigentlich gar nicht aufregen.* „Du verschwindest morgen von hier, und wenn du zu Fuß in die Stadt laufen musst."

Damit stakte er steifbeinig an Justin vorbei aus der Küche. Das Brausen des Ärgers in seinem Kopf übertönte sämtliche Sticheleien, die Justin hinter ihm her schleuderte. Am Fuß der Treppe stieß er auf Jean-Luc, der verächtlich die Oberlippe hochzog und finster in Richtung Küche starrte.

„Wir fahren morgen ganz bestimmt ab. Wir haben alle genug von ihm. Naja, Louise und Mike vielleicht nicht, aber die können ihn haben. Wir könnten uns ja im neuen Jahr mal treffen, weißt du? Du bist ein guter Kerl, Dan. *Daniel.* Tut mir leid."

Daniel atmete tief durch und entgegnete mit einem schwachen Lächeln: „Schon okay. Und das wäre cool."

Mel rief vom Durchgang zur Whirlpool-Veranda: „Jungs, das müsst ihr probieren."

Daniels Muskeln entspannten sich nach und nach, als er Jean-Luc folgte, in der Hoffnung, dass Justin sah, wie unberührt ihn das alles ließ. *So bin ich. Völlig unbeeindruckt. Innerlich kalt und tot.*

Mel streckte ihnen eine Bierflasche entgegen, und Jean-Luc sagte: „Wir wissen, wie Moosehead schmeckt."

Sie verdrehte die Augen. „Ja, aber ich hab' noch was reingetan."

Jean-Luc nahm die Flasche und hob sie an die Lippen. Seine Augenbrauen schossen in die Höhe, und er trank noch einen Schluck. „Ist das… Ahornsirup? Das schmeckt sogar gut!" Er hielt Daniel die Flasche hin.

Daniel hob die Hände und sagte: „Nein, danke. Das klingt widerlich."

Mel rief: „Cole, was ist mit dir? Möchtest du mein neues Bierrezept probieren?"

Daniels Herz setzte einen Schlag aus, als er sich umdrehte und sah, dass Cole auf dem Weg in die Küche war. Cole antwortete: „Ich darf im Moment immer noch keinen Alkohol trinken, aber danke!" Er verschwand um die Ecke.

Scheiße, war Justin noch da drin? Daniel hastete hinter Cole her. Er würde es Justin durchaus zutrauen –

„Ich hab' versucht, dir zu helfen, Herzchen. Ich habe einen Dreier vorgeschlagen, aber Daniel steht einfach überhaupt nicht auf dich."

„Ich schwöre bei Gott, wenn du nicht deine Scheiß-Fresse hältst, schläfst du im Schnee!", brüllte Daniel.

Justin zuckte zusammen, fuhr herum und wich erfreulicherweise zurück. Er hob die Hände. „Okay, okay. So zickig." An Cole gewandt fügte er hinzu: „Sag nicht, dass ich's nicht versucht habe, Süßer!" Er ging um die Kücheninsel herum und verschwand.

Cole stand wie erstarrt vor dem Kühlschrank. Nach einem kurzen Moment fragte er: „Bist du okay?"

Daniel hatte die Fäuste geballt, und das Blut rauschte ihm in den Ohren. „Ja", knurrte er. „Brauchst du was? Wasser?" Trevors Stimme widerhallte in seinem Kopf: *„Dreier sind geil. Komm schon, mach dich locker."*

Cole öffnete den Kühlschrank. „Ich wollte ein bisschen Saft." Er nahm den Orangensaft heraus.

Daniel trat zu ihm, schraubte den Deckel ab und schenkte ihm ein Glas ein. Cole nahm es und sagte: „Danke. Ich geh dann mal…" Er machte eine verlegene Handbewegung in Richtung Treppe.

Daniel nickte und folgte ihm. Je eher er schlafen ging, desto eher war es morgen und Justin würde weg sein.

Kapitel Sechs

DANIEL LEHNTE SICH an die geschlossene Schlafzimmertür, atmete tief ein und wieder aus und schüttelte den Kopf. „Nicht zu fassen, dass ich auch nur eine Sekunde lang gedacht habe, ich mag diesen Kerl", murmelte er. „Ein Dreier. Der sollte sich mit Trevor zusammentun."

Cole hatte gerade die Lampe anknipsen wollen, doch er erstarrte mitten in der Bewegung. Würde Daniel mit ihm reden oder sollte er ihn in Ruhe lassen?

Daniel richtete sich ruckartig auf, als wäre ihm gerade bewusst geworden, was er gesagt hatte. Er ging mit großen Schritten Richtung Badezimmer. „Ich geh' unter die Dusche. Brauchst du was?"

„Was ist mit Trevor passiert?" Daniel blieb in der offenen Badezimmertür stehen, eine Silhouette vor dem Licht hinter ihm. Nach kurzem Schweigen fügte Cole hinzu: „Ich weiß, du willst nicht darüber reden. Aber vielleicht solltest du das tun?" Cole war durchaus neugierig, aber es schien da wirklich einen tiefen Schmerz zu geben, der Daniels Schultern beugte und aus seinem gehetzten Blick sprach.

Daniel drehte sich um und lehnte sich an den Türrahmen. Sein Gesicht lag im Schatten. Cole setzte sich ans Fußende des Bettes und wandte ihm das Gesicht zu. Mit etwas Distanz, aber aufmerksam. Wartend.

Nach einer gefühlten Ewigkeit fragte Daniel leise: „Was hast du von Trevor noch in Erinnerung?"

„Hmm. Na ja, nachdem deine Mutter mit dir zu uns gezogen war, musstest du die Schule wechseln. Du bist der Hockeymannschaft beigetreten und hast Trevor kennengelernt. Ihr habt viel zusammen unternommen. Dann hast du ihn eines Tages zum Abendessen mitgebracht und dich geoutet. Ihr habt euren Abschluss gemacht und seid beide im Herbst an die Western gegangen. Claudia ist kurz vor Thanksgiving ausgezogen, und ich habe sie zwar noch manchmal gesehen, aber dich nie wieder. Bis jetzt. Natürlich."

Cole wischte sich die Hände an seiner Flanell-Schlafanzugshose ab. Er wusste nicht genau, warum er nervös war – hier ging es um Daniels Geschichte.

Daniel verschränkte die Arme vor der Brust, und das

warme Licht aus dem Badezimmer konturierte seine linke Seite – breite Schulter, schmale Taille, langes Bein. „Okay. Also, ein paar Jahre lang war mit Trevor alles super. Ich war total verliebt in ihn. Ich hatte das Gefühl, als… als würde er mich *wirklich* verstehen. Wir konnten gegenseitig unsere Sätze beenden. All so was. Weißt du, was ich meine?"

„Theoretisch. Ich war an der Uni mit ein paar Typen zusammen, aber das habe ich so noch nie empfunden." *Ich habe noch nie sowas empfunden wie jetzt für dich.*

„Es ist ein richtiger Rausch. Wie gesagt, alles war super. Wenigstens habe ich das geglaubt." Er schwieg eine Zeitlang. „Wir hatten eine Wohnung außerhalb der Uni. Haben nie auf dem Campus gelebt. In unserem vierten Jahr gab es im Studentenwohnheim eine große Party, auf die Trevor gehen wollte. Wir waren normalerweise meistens im Pub oder so, deshalb war es komisch, dass er da unbedingt hin wollte. Aber ich wollte ihn glücklich machen, also bin ich mitgekommen."

Cole merkte, dass er den Atem angehalten hatte. Er atmete aus und murmelte: „Okay."

„Wie auch immer, wir haben uns ziemlich die Kante gegeben, und es hat Spaß gemacht und alles. Ich war müde und wollte nach Hause, aber da war dieser Typ, den Trevor kannte. Alex. Alex sagte, er hätte Wodka in seinem Zimmer, und Trevor wollte noch was trinken. Also bin ich mitgegangen.“

„Um Trevor glücklich zu machen.“

„Ja.“ Daniel schluckte hörbar, eine Art Klicken in der Stille im Zimmer. Falls die anderen noch herumlärmten, drang nichts davon durch die Wände. Die Vorhänge waren zugezogen, und es war, als wären sie in einer kleinen Höhle.

Cole hatte das Gefühl, flüstern zu müssen. „Was ist passiert?“

„Gott, es ist so bescheuert. Du denkst bestimmt, dass es nichts ist und dass ich eine Riesen-Dramaqueen bin. Vielleicht bin ich das ja.“

„Nein, natürlich“ –

„Lange Rede, kurzer Sinn, Trevor wollte mit Alex einen Dreier machen. Ich habe ja gesagt, weil er es wollte. Es war okay. Und ich hab‘ mir gedacht, Trevor muss es eben einmal erlebt haben, und dann können wir einfach wieder normal sein. Wieder… wir sein.“

Cole verzog das Gesicht. „Aber so war es nicht.“

Daniels Lachen war humorlos. „Nein. Also hatten wir noch öfter Sex zu dritt. Wir sind in ein Badehaus gegangen. Trevor wollte Sex mit all diesen x-beliebigen Leuten, und ich wollte das einfach *nicht*. Und es ist nicht so, als gäbe es daran irgendwas auszusetzen.“ Er stöhnte auf. „Ich höre mich wahrscheinlich an wie so ein voreingenommenes Arschloch. Für andere Leute sind flotte Dreier und anonyme Bettgeschichten und all das total super. Wer auf sowas steht, soll es ruhig machen."

War das eine Frage? Soll ich darauf antworten? „Meins ist das auch nicht unbedingt. Aber ja, jedem das Seine und so." Cole spürte Daniels Laserblick in der Dunkelheit. Er lehnte immer noch im Türrahmen, das Gesicht im Schatten.

Nach einem kurzen Moment fragte Daniel: „Sagst du das nur, damit ich mich besser fühle?"

„Nein! Ich meine, heiße Typen törnen mich an, und ich hatte auch schon ein paar Handjobs im Klo und sowas. Hab ein paar Typen beim ersten Date gefickt. Aber jetzt will ich mehr als das." *Ich will dich. Ich habe dich immer gewollt.*

„Ich weiß, die meisten Leute können auch bei Fremden total geil werden, aber ich konnte das nie. Als Justin mir nachgelaufen ist und mir einen blasen wollte, war ich nicht besonders wild darauf, aber ich wollte ihn glücklich machen." Er schnaubte. „Und ich habe versucht, meinen Rhythmus zu ändern. Also hat er mir einen geblasen, und das war okay und alles. Ich..." Er schüttelte den Kopf. „Tut mir leid, du willst diesen ganzen Scheiß gar nicht hören. Ich sollte mir das für meinen Seelenklempner aufheben. Oder mir erst mal einen besorgen, nehm‘ ich an.“

„Nein, ich will es hören. Ich meine, falls du‘s mir erzählen willst. Kein Druck.“

Unter Daniels eindringlichem Blick wurde Cole ganz heiß. „Ich weiß nicht, warum ich das alles hier ablade.“

„Weil Justins Unverschämtheit einen Haufen Gefühle aufgerührt hat?“

„Vermutlich. Ich bin ja angeblich innerlich kalt und tot.“

„Moment mal, was? Wieso das denn?“

Daniels Handbewegung zerschnitt das Licht aus dem Badezimmer. „Es ist ein Witz zwischen mir und meiner Freundin Pam. Wie ich… oft so stoisch sein kann. Und… ein Workaholic.“

Cole sagte in bewusst unbeschwertem Tonfall: „Selbsterkenntnis ist der erste Schritt.“

„Ja, ja“, grummelte Daniel, aber es war kein Feuer dahinter. Nach einem kurzen Moment sagte er: „Ich weiß nicht, was mit mir los ist. Normalerweise bin ich viel… zurückhaltender.“

Cole bekam Gänsehaut bei der Erkenntnis, dass er gerade einen Blick hinter die Maske erhaschte. „Es ist okay, manchmal die Selbstkontrolle zu verlieren.“

„Kann schon sein. Du hast vielleicht ein Glück, was?

Wir haben uns seit zehn Jahren nicht mehr gesehen, und jetzt kriegst du einen Logenplatz bei meinem Nervenzusammenbruch. Ich bin ein arbeitssüchtiger Freak, der keinen Gelegenheitssex mag, obwohl ich das eigentlich sollte."

„Du bist *kein* Freak. Scheiß auf alle, die sagen, dass du irgendwas mögen *musst*."

„Aber mir fehlt irgendwas, das andere Leute haben. Vor allem Männer. Als ob ich eigentlich gern in Clubs gehen und Orgien wollen müsste, und das… will ich einfach nicht."

„Daran gibt es nichts auszusetzen. Ich habe eine Freundin, die demi ist, und ihr fehlt ganz und gar nichts."

„Demi?"

„Demisexuell. Sie fühlt sich prinzipiell nur zu Leuten hingezogen, die ihr auch etwas bedeuten."

Daniel stieß sich von der Wand ab und machte einen Schritt auf das Bett zu. Er blieb stehen. „Ich wusste nicht, dass es dafür eine Bezeichnung gibt."

„Oh ja, heutzutage gibt es für alles eine Bezeichnung."

„Huh." Er setzte sich links neben Cole. „Mir war nicht bewusst, dass es das überhaupt gibt. Aber es ist ja nicht so, als ob ich niemanden attraktiv finden würde.

Ich meine, ich weiß gutaussehende Typen schon zu schätzen. Chris Hemsworth und sein Sixpack schau' ich mir gerne an. Aber ich will nicht *wirklich* mit ihm schlafen. Nicht, dass das das Einzige wäre, was zwischen mir und Chris Hemsworth steht."

Cole lachte. „Ich weiß, was du meinst."

„Passt das denn dann auf mich? Demisexuell?"

„Ich glaube nicht, dass es nur eine richtige Art gibt, demi zu sein. Es hört sich an, als könntest du dich damit identifizieren, aber ich kann dir das nicht mit ja oder nein beantworten. Das liegt ganz bei dir. Wenn du willst, kann ich meine Freundin Julia fragen, ob sie Links zu guten Blogs hat."

„Danke. Das wäre cool." Daniel saß eine Zeitlang schweigend neben ihm, und Cole konnte praktisch hören, wie sein Verstand arbeitete. Dann platzte Daniel heraus: „Ich mag Sex wirklich! Ich bin nicht prüde."

„Ich weiß. Ich glaube dir. Es ist okay. Völlig okay." Er konnte wirklich nicht näher über Daniel und Sex nachdenken, wenn sein Bauch sich schon vor Begehren straffte. Er sehnte sich danach, Daniel in die Arme zu nehmen und ihn zu trösten, aber ein Teil von ihm – der Teil, der schon seit Jahren geil auf Daniel war – wollte sehr viel mehr.

Reiß dich am Riemen, du Arschloch. Nicht jetzt. Nicht,

dass es je *einen richtigen Moment geben wird, aber falls doch, dann ist der ganz bestimmt nicht jetzt.*

„Nicht zu fassen, dass ich darüber rede." Daniel rieb sich das Gesicht. „Ich bin wirklich am Durchdrehen."

„Ich finde, wir sollten alle mehr darüber reden. Ist doch scheiße, wenn wir diesen gesellschaftlichen Druck empfinden, einer Norm zu entsprechen. Zum Beispiel, dass alle schwulen Männer eigentlich promiskuitiv sein sollten? Scheiß drauf. Schwule Männer sind nicht die Borg. Niemand ist das. Jeder darf sein, wie er ist."

„Diese Demi-Geschichte haut mich um. Die ganzen Jahre hab' ich gedacht, ich wäre komisch."

„Na ja, du bist schon komisch, aber nicht deswegen." Kaum hatte er die Worte ausgesprochen, zuckte Cole innerlich zusammen. War die Flachserei hier wirklich angebracht?

Aber Daniel schnaubte nur. „Ja, ja", sagte er und stieß ihn mit dem Ellbogen an. Cole sog zischend den Atem ein, als der Schmerz von seinem Oberarm bis in seine Hand ausstrahlte. „Scheiße!", rief Daniel. „Bist du okay?"

Cole presste die Lippen zusammen und atmete ein. „Mm-hm." Er öffnete den Mund, atmete aus und entspannte sich. „Ist nur alles ein bisschen empfindlich. Mir geht's gut."

„Bist du sicher?" Daniels Hand schwebte über Coles Schulter, als hätte er Angst, ihm noch mehr weh zu tun, wenn er ihn berührte. Cole hätte ihm nur zu gern grünes Licht gegeben, aber er widerstand.

„Ja." Zeit, sich wieder auf Daniel zu konzentrieren. „So, wegen Trevor. Offensichtlich habt ihr euch letztendlich getrennt. Was ging da ab? Es sei denn, du möchtest nicht mehr darüber reden."

Nur wenige Zentimeter lagen zwischen ihnen, und Cole wünschte, er könnte Daniel die Hand auf den Schenkel legen. Nur um ihn zu erden. Aber selbst wenn Coles Hand nicht gebrochen gewesen wäre, hätte er das sowieso nicht getan.

Die Erinnerung an Daniels Gesicht nach Justins Sticheleien über eine Affäre zwischen ihnen hatte sich in Coles Gedächtnis eingebrannt. Schockiertes Erstaunen und Wut und eine Grimasse, die auf Abscheu hindeutete. Daniel hatte deutlich gemacht, dass er schon die Vorstellung allein empörend fand, und Cole hatte nicht die Absicht, irgendwelche Grenzen zu überschreiten – schon gar nicht angesichts der Geschichte, die Daniel gerade erzählte. Es hörte sich an, als wären Grenzüberschreitungen Trevors Spezialität gewesen, und Cole würde *nicht* so sein wie dieser Typ.

Daniel schwieg immer noch, und Cole fügte hinzu:

„Ganz im Ernst, du brauchst es mir nicht zu erzählen.“

„Ich…“ Daniels Schultern entspannten sich etwas. „Ich nehme an, es ist gut, darüber zu reden. Ich weiß, dass du's nicht ausplaudern wirst. Ich vertraue dir.“

Coles Herz setzte einen Schlag aus. Er warf aus dem Augenwinkel einen Blick auf Daniels Profil. Das Licht aus dem Badezimmer fiel auf sein Gesicht. „Ich vertraue dir auch.“

Als Daniel ihn ansah, spielte ein angedeutetes Lächeln um seine Lippen, und eine dunkle Locke hing ihm in die Stirn. Cole ging das Herz so weit auf, dass er befürchtete, es könnte zu groß für seinen Körper werden und explodieren. Als Kind war er in Daniel verliebt gewesen, ohne ihn wirklich zu kennen. Und ohne zu wissen, was Liebe wirklich war. Vielleicht wusste er das immer noch nicht, aber sein Bauch sagte ihm, dass es das war, was er gerade empfand.

Was bedeutete, dass er tierisch aufgeschmissen war.

Daniel wandte sich ab und starrte wieder in Richtung Badezimmer, mit leerem Blick, und Cole schaute ebenfalls nach vorn. Er wartete. Es steckte noch mehr hinter der Geschichte – etwas, von dem er ahnte, dass er Trevor Chartrand dafür mit jeder Faser seines Herzens hassen würde.

Als Daniel weitersprach, war seine tiefe Stimme fest.

„Ich habe bei den Dreiern und dem ganzen Kram mitgezogen, weil ich mir dachte, wenn Trevor das braucht, dann würde ich eben tun, was nötig wäre. Um ihn glücklich zu machen. Zufrieden. Wir hatten immer noch Sex zu zweit, nur wir beide, und ich hatte nicht das Gefühl, als hätte sich da irgendwas geändert. Dann habe ich herausgefunden, dass Trevor hinter meinem Rücken mit anderen Männern geschlafen hat, und das praktisch schon, seit wir an der Uni waren.“

„Dieses Arschloch!“ Cole räusperte sich und senkte die Stimme. „Tut mir leid.“

„Schon gut. Er ist ein Arschloch. Er hat mich jahrelang betrogen und sich dann gedacht, wenn er mich dazu bringt, mit anderen Typen zu experimentieren, wäre ich bekehrt oder was auch immer. Als ob ich einsehen würde, dass Monogamie nicht möglich ist. Dass das nur was für Heteros ist. Solchen Schwachsinn eben. Er hat so getan, als wäre es meine Schuld, als ob…“ Daniel senkte den Kopf, und seine Stimme wurde heiser. „Als ob mit mir irgendwas nicht stimmen würde. Für lange Zeit habe ich das wohl auch selbst geglaubt.“

Cole vergaß seinen Gips und streckte die Hand aus. Vergebens. Mit einem frustrierten Brummen stand er auf, setzte sich auf die andere Seite neben Daniel und fasste ihn an der Schulter. „Mit dir ist *alles* in Ordnung.

Trevor ist ein Arschloch und kann sich ins Knie ficken."

Daniels Augen schimmerten im Halbdunkel, und er wischte mit den Fingern darüber und lachte. „Und was denkst du wirklich? Nur keine Hemmungen."

Cole lachte ebenfalls. „Ich könnte noch weitermachen. Es gibt ein paar extrem unanständige Ausdrücke, die ich benutzen könnte."

„Danke, Mann." Daniel holte tief Luft und atmete aus. „Ich habe noch nie wirklich über das alles geredet. Tut mir leid, dass ich es bei dir ablade. Eigentlich sollte ich mich um dich kümmern, nicht umgekehrt."

Cole drückte ihm die Schulter. „Ich bin kein Kind mehr." Er strich mit der Hand über Daniels Nacken und sehnte sich danach, mit den Fingern durch die Enden der weichen Locken zu fahren. Stattdessen gab er ihm einen kumpelhaften Klaps auf den Rücken und ließ die Hand sinken. „Wir können uns gegenseitig umeinander kümmern."

Ein Klirren von splitterndem Glas hallte von unten herauf, gefolgt von Melanies Aufschrei: „Himmel, Arsch und Zwirn, Justin!"

Daniel und Cole schnaubten gleichzeitig. Cole sagte: „Apropos Leute, die sich ins Knie ficken können."

„Allerdings."

Eine Zeitlang saßen sie schweigend da. Es gab so

vieles, was Cole gern gesagt hätte, aber er wusste nicht, wo er anfangen sollte. Stattdessen sagte er: „Ich fühl' mich irgendwie eklig. Ich glaube nicht, dass ich schon bereit bin, mich mit diesem Ding unter die Dusche zu wagen. Aber eine Ganzkörperwäsche ist vermutlich angebracht. Kannst du mir helfen?"

Daniel blinzelte ihn an, und sein Mund ging auf und wieder zu. „Du willst, dass ich dich wasche?"

„Nein!" Coles Wangen wurden heiß, und er war froh, dass es wahrscheinlich zu dunkel war, um sein Erröten zu sehen. „Ich hab' nur gemeint, ob du die Duschgelflasche aufschrauben und mir helfen könntest, mein Sweatshirt auszuziehen? Das habe ich vorhin versucht und mich fast dabei erwürgt." Er zwang sich ein Lachen ab, das viel zu schrill klang.

„Oh, sicher. Absolut!" Daniel sprang auf und eilte ins Bad.

Cole folgte ihm. „Tut mir leid, dass ich nerve."

„Nein, überhaupt nicht!" Daniel hielt den Kopf gesenkt, während er die Wasserhähne am Waschbecken aufdrehte. „Willst du es einfach hier machen, mit einem Waschlappen oder so?"

„Ja. Das ist super."

Im Spiegel erhaschte Cole einen flüchtigen Blick auf Daniels leicht rötlich angehauchte Wangen. Ganz offensichtlich genierte er sich nach seinen Bekenntnissen, und Cole wollte etwas sagen, um ihn zu beruhigen, aber das würde es wahrscheinlich nur noch schlimmer machen. Er ging zu den Hängeregalen an der gegenüberliegenden Wand und fischte sich einen Waschlappen aus den Stapeln von dicken, dunkelblauen Handtüchern heraus.

Daniel hatte eins der Waschbecken zugestöpselt und anscheinend die halbe Flasche Duschgel hineingekippt, in Anbetracht der Berge von Schaum, die sich bildeten. Er wandte sich Cole zu und machte eine Handbewegung. „Also, kann ich dir noch was helfen?"

Cole warf den Waschlappen auf den Rand des gefüllten Waschbeckens. „Danke. Könntest du nur…" Er hob den rechten Arm über den Kopf und hielt still, als Daniel den Saum seines Sweatshirts hochzog. Seine Fingerspitzen streiften Coles Rippen.

Schon gut. Ich brauche nicht zu atmen.

Sein Puls hämmerte, und er hielt absolut still, als Daniel seinen rechten Arm befreite, ihm das Sweatshirt vorsichtig über den Kopf zog und es dann über den Gips an seinem linken Arm streifte, als hätte er es mit zerbrechlichem Glas zu tun. Sie waren nur ein paar Zentimeter voneinander entfernt, und Daniels Atem strich über Coles Gesicht.

Mit dem Sweatshirt in den Händen blickte Daniel auf. Coles Lungen krampften sich zusammen, da er so schlagartig ausatmete, dass ihm schwindlig wurde. Daniels halb geöffnete Lippen zitterten ein ganz klein wenig, und Gefühle leuchteten aus seinen schönen, grünbraunen Augen. Cole hätte nur zu gern gewusst, was das für Gefühle waren, denn für einen Moment hatte er geglaubt, es wäre Lust.

Und das war unmöglich.

Er krächzte: „Bist du okay?" Daniel bekam wahrscheinlich nur gerade die Krise, nachdem er so viele Wahrheiten über Trevor und das alles enthüllt hatte.

Daniel nickte und trat zurück. Er faltete das Sweatshirt und legte es auf den Waschtisch, und sein Blick huschte beiseite. „Brauchst du noch was?"

„Ah-ah. Danke." Er war inzwischen Experte darin, seine Schlafanzugshose runter und wieder rauf zu ziehen. Ja, alles *bestens*.

Als Daniel die Tür hinter sich geschlossen hatte, ließ Cole sich gegen den Waschtisch sinken. Es war entschieden weniger gut, dass er gerade dabei war, sich hoffnungslos zu verlieben. Vor allem, da – wenn nicht eine Art Weihnachtswunder geschah – keine Chance bestand, dass seine Gefühle erwidert wurden.

Kapitel Sieben

DIE RÜCKLICHTER DES Minivans leuchteten rot, und das Blechdach glitzerte in der Sonne, ehe er um die Kurve verschwand. Cole trat zu Daniel ans Fenster, und sie seufzten einstimmig auf und lachten dann. Daniels Magen schlug einen Purzelbaum. Sie waren allein.

„Halleluja", sagte Cole. Er trug immer noch kein Oberteil, und seine Pyjamahose hing ihm tief auf den Hüften. Daniel starrte auf den Streifen Haare unterhalb seines Nabels, der bis unter den Taillenbund führte.

Er zwang sich, den Blick zu heben, und fragte: „Wie fühlst du dich?"

Cole gähnte und wölbte den Rücken, dann sagte er: „Ganz gut. Ich habe viel besser geschlafen, ohne alle zwei Stunden von dir geweckt zu werden."

Daniel lächelte. „Weißt du was? Ich habe viel besser

geschlafen, weil ich dich nicht wecken musste."

„Huh. Komischer Zufall, was?" Cole rieb sich die stoppeligen Wangen und lächelte. Obwohl Daniel sich normalerweise gewissenhaft rasierte, hatte er beschlossen, das ebenfalls sausen zu lassen. CYC und so.

Sie standen in seliger Stille da und ließen die schnee-bedeckten Bäume auf sich wirken, die in den blauen Himmel ragten, und die Laurentian Mountains, die sich rechts am anderen Ufer des Sees erhoben.

Daniel hatte beim Aufwachen festgestellt, dass er in der Nacht näher an Cole herangerückt war und auf dem großen Bett nur ein paar Zentimeter zwischen ihnen lagen. Dieselben paar Zentimeter trennten sie auch jetzt; ihre Schultern berührten sich beinahe.

Er konnte immer noch nicht glauben, dass er Cole die Wahrheit über Trevor – über sich – gestanden hatte. Vielleicht hätte es ihm peinlich sein sollen, dass er das alles erzählt hatte, aber er fühlte sich… sicher. Etwas an Cole beruhigte ihn auf eine Weise, die er nicht verstand. Sein Instinkt sagte ihm, dass Cole für ihn da war.

Vielleicht lag es daran, dass sie sich von früher kann-ten. Aber Daniel hatte noch nie jemandem so schnell vertraut – nicht einmal Trevor. Cole hatte ihn weder beurteilt noch ausgelacht. Er hatte ihm die ganze hässliche Nacherzählung hindurch zur Seite gestanden.

Jetzt fühlte er sich von Minute zu Minute stärker zu Cole hingezogen. Empfand Cole dasselbe, oder wollte er einfach nur ein guter Freund sein? Brüderlich, womöglich?

Daniel wünschte, er könnte Pam eine Textnachricht schreiben: *Nachdem ich sechs Jahre lang innerlich kalt und tot war, erwache ich möglicherweise gerade zum Leben. Schick Hilfe.*

Er dachte an das, was Cole darüber gesagt hatte, dass es okay war, manchmal die Selbstkontrolle zu verlieren. Genau so fühlte es sich an – als wäre er dabei, sich aufzulösen, als würden all seine streng kontrollierten und straff verschnürten Emotionen in einem chaotischen Durcheinander aus ihm herausquellen. Anscheinend änderte er seinen verdammten Rhythmus gerade querbeet, ob es ihm passte oder nicht.

„Was willst du als erstes machen?", fragte Cole.

Daniel holte tief Luft und drängte seine verrückten Gedanken gewaltsam beiseite. *Mir geht's gut. Alles ist bestens. Ich bin immer noch ich. Ich habe die Kontrolle.* Er behielt den unbeschwerten Tonfall bei. „Ganz ehrlich? Ich weiß, es ist Wasserverschwendung, aber ich möchte diesen Whirlpool ablassen und neu füllen."

Um eine Beschäftigung für seine Hände zu haben, rollte er die Ärmel seines schwarzen Henley-Shirts hoch.

Vor dem Anziehen hatte er lächerlicherweise zwischen verschiedenen Hemden geschwankt und sich überlegt, welches besser zu seiner Jeans passte. Als wollte er auf eine Art *Date* gehen.

„Nach Justin ist dieses Wasser Sondermüll. Genehmigt. Mach das, und ich schaue mal, ob ich mit einer Hand ein Frühstück zustande kriege. Oh. Vielleicht sollten wir Claudia anrufen. Sie macht sich wahrscheinlich Sorgen, wenn sie SMS geschrieben hat und keine Antwort kommt."

„Scheiße! Du hast Recht." Er schnappte sich das schnurlose Telefon, dann hielt er inne und schaute auf das Tastenfeld. „Ich muss erst mal mein Handy holen, da habe ich ihre Nummer drin. Die einzige, die ich noch auswendig weiß, ist meine eigene. Und 911."

Cole lachte. „Geht mir genauso."

Als Daniel die Nummer dann hatte, ging seine Mutter nicht ran. Er sprach ihr auf die Mailbox. „Hey, Mom. Wir sind's, ich und Cole. Wir rufen vom Chalet aus auf dem Festnetz an, weil wir hier kein WLAN und keinen Handyempfang haben. Bei uns ist alles okay. Cole geht's schon viel besser. Viel Spaß in Mexiko. Hab' dich lieb." Er legte auf und sagte zu Cole: „Hoffentlich reicht ihr das und sie ruft nicht jeden Tag an und erkundigt sich nach uns."

„Da hab' ich so meine Zweifel, um ehrlich zu sein."

Daniel lachte. „Ich auch."

Nachdem der Whirlpool neu gefüllt und die Abdeckung wieder drauf war, unter der das Wasser sich langsam erhitzte, ging Daniel zu Cole in die Küche. Das Holz war kalt unter seinen nackten Füßen. „Was haben wir?"

„Gefrorene Blaubeerwaffeln, die ein früherer Gast dagelassen hat, und das dringende Bedürfnis, einkaufen zu gehen. Kannst du die Ahornsirup-Flasche aufschrauben? Ich hab's versucht, aber sie klebt." Er rieb an seinem Bauch herum, wo er wahrscheinlich versucht hatte, die Flasche festzuhalten, und leckte sich dann den Zeigefinger ab. Seine rosige Zunge schnellte vor.

Als er aufblickte und Daniel ansah, zuckte Daniel zusammen, weil ihm bewusst wurde, dass er ihn angestarrt hatte.

„Bist du okay?", fragte Cole.

„M-hm." Mit pochendem Herzen kam er um die Kücheninsel herum und schraubte die Sirupflasche auf. „Hier." Dann beschäftigte er sich damit, die Küche aufzuräumen, während die Waffeln toasteten.

„Vielleicht könnten wir den Baum schmücken."

„Hm? Ach, richtig." Daniel hatte den frischen Tannenbaum ganz vergessen, der im Wohnzimmer stand.

„Möchtest du das?"

„Klar. Warum nicht?" Cole lächelte schief. Er zuckte leicht zusammen, als die Waffeln aus dem Toaster sprangen, und wurde rot.

Daniel schnitt Coles Waffel klein, und sie aßen, während weitere im Toaster steckte. Es war alles so sonderbar häuslich, und es hätte unbehaglich und komisch sein sollen, aber irgendwie… war es das nicht.

Nach dem Frühstück öffneten sie die Schachteln mit dem Christbaumschmuck – bunte Kugeln und glitzernde Ornamente in allen Farben und Größen. Die Eigentümer des Chalets hatten einen handgeschriebenen Zettel auf der obersten Schachtel hinterlassen: *Sie sagten, dass Sie Weihnachten feiern, daher dachten wir, Sie hätten vielleicht Freude an einem Baum mit allem, was dazugehört. Frohes Fest!*

Cole kramte bunte Lichterketten aus, säuberlich einzeln um Plastikrahmen gewickelt, damit sie sich nicht verhedderten. „Diese Vermieter haben wirklich an alles gedacht."

„Sie kriegen eine Fünf-Sterne-Bewertung, das ist mal sicher. Na ja, abgesehen vom WLAN, aber vielleicht ist das besser so."

Er verspürt immer noch jedes Mal einen Schuss Panik, wenn er daran dachte, dass er seine Firmen-E-

Mails nicht checken konnte. Aber Martin hatte klargestellt, dass alle eine Pause zu machen hatten. Bla, bla, Work-Life-Balance.

Schau mich an. Balanciert wie Sau.

Als Cole versuchte, die Lichterketten mit der rechten Hand auseinanderzuwickeln und dabei vor lauter Konzentration ganz bezaubernd die Zunge herausstreckte, widerstand Daniel dem Drang, seine Hilfe anzubieten. Stattdessen ging er an die Stereoanlage und drehte vorsorglich die Lautstärke herunter, bevor er auf den Anschaltknopf drückte, damit die Lautsprecher nicht durchbrannten. Scheiß-Justin. Daniel war schon lange nicht mehr so froh gewesen, jemanden von hinten zu sehen. Nicht mehr, seit…

Nun ja, nein. Trotz der Art, wie das mit Trevor zu Ende gegangen war, würde Daniel ihn immer lieben. Er war sich nicht sicher, ob er ihn je wiedersehen wollte, aber er konnte Trevor nicht hassen. Justin, andererseits… Er dachte daran, dass er im Januar wieder zur Arbeit gehen musste, und stöhnte auf.

„Hmm?" Cole konzentrierte sich immer noch auf die Lichterketten, die er jetzt auf dem Kiefernholzparkett ausbreitete.

„Ich habe nur gerade gedacht, dass ich wünschte, ich müsste Justin nicht bei der Arbeit wiedersehen. Wir haben ein offenes Konzept, aber wenigstens sind die Designer auf einer anderen Etage.“

„Ich sage nur, ich glaube, ihm steht demnächst ein Aufhebungsgespräch bevor.“

Daniel lachte und fummelte an der Stereoanlage herum. „Er ist nicht in meiner Gruppe, also habe ich das nicht zu entscheiden. Aber ja, ich freue mich nicht besonders darauf, ihn jemals wiederzusehen.“

„Moment mal, wie war das – du hast kein eigenes Büro? Es ist alles offen?“

„Zu meinem Glück hat mein Abteilungsleiter darauf bestanden, dass die Personalabteilung abgeschlossene Räumlichkeiten bekommt, weil wir vertrauliche Gespräche mit Mitarbeitern führen müssen. Die Büros haben alle Glasfronten, aber das ist mir lieber, als im Bällebad zu arbeiten.“

„Bällebad? Wie für Kinder?“

„Die Leute sitzen da buchstäblich mit ihren Laptops drin. Hammerhart.“ Er drückte einen weiteren Knopf, und leise Musik erklang. „Ah. Wenigstens das Satelliten-radio funktioniert. Kein Handyempfang und kein WLAN, aber immerhin Sirius.“ Nach einigem Herum-suchen stellte er einen Sender mit Weihnachtsliedern ein, auf dem Elton John gerade „Step into Christmas“ säuselte. „Ist das zu uncool?“, fragte er Cole.

„Zwei Schwule, die zu Elton John einen Christbaum schmücken? Ich finde es perfekt."

Als sie die Lichterketten um den Baum wanden und Christbaumschmuck aufhängten, fand Daniel das auch.

NACHDEM COLE DEN letzten Eiszapfen aus Silberfolie mit akribischer Präzision aufgehängt hatte, fuhr Daniel ins Dorf einkaufen, und der Tag war irgendwie im Nu vorbei.

An diesem Abend lümmelten sie sich auf die Couch, schauten im Schein ihres frischgeschmückten Weihnachtsbaums den originalen *X-Men-* Film und aßen die Käsemakkaroni mit Panko-Kruste, die Daniel gemacht hatte. Er hatte angenommen, dass Cole mit Makkaroni problemlos alleine klarkommen würde, und er hatte Recht gehabt.

Die Lichterketten draußen leuchteten passend zu denen am Baum in blau, grün, gelb, rot, pink und orange. Frischer Schnee rieselte draußen vor den breiten Wandfenstern herab, und Daniel schürte das Holzfeuer und schaffte es, es den ganzen Abend am Brennen zu halten.

Cole nickte vor Ende des Films ein, und Daniel überlegte, ihn mit einer Decke auf dem riesigen Sofa zurückzulassen. Aber am Ende schüttelte er ihn wach, und sie schlurften nach oben ins Bett.

Erst als Daniel schon fast schlief, Cole tief atmend neben sich, wurde ihm bewusst, dass keiner von ihnen daran gedacht hatte, Cole in eins der anderen Schlafzimmer umzuquartieren.

AM NÄCHSTEN MORGEN hatte Cole Hüttenkoller und wollte das Dorf sehen, also stürzten sie sich in das Gewühl auf der Hauptstraße, einer Fußgängerzone, in der sich Edelboutiquen, Restaurants und diverse Läden drängten. Die Skihänge erhoben sich in der Ferne, winzige Gestalten glitten im Zickzack hinunter, und die Sessellifte beförderten Skifahrer in einer Endlosschleife wieder nach oben.

Zwischen den farbenfrohen, eng stehenden Gebäuden in Mont-Tremblant waren goldene Lichterketten gespannt, die auch über die Straße verliefen. Glöckchen klingelten, ein Weihnachtsmann machte „Ho-ho-ho" und posierte mit lebhaften Kindern für Fotos, und eine Adventssänger-Gruppe in zueinander passenden roten Mützen und Handschuhen sang „God Rest Ye Merry Gentlemen".

Bei Temperaturen knapp unter dem Gefrierpunkt

und Windstille war das Wetter perfekt, um dahinzuschlendern und unter einem wolkenverhangenen Himmel dem Festtagstrubel zuzusehen. Daniel hielt sich nahe bei Cole, nur für den Fall, dass ihm plötzlich schwindelig wurde.

Kein anderer Grund. Oh nein.

Er deutete auf eine vereiste Stelle auf dem Bürgersteig. „Pass auf."

Cole ging vorsichtig um die Stelle herum. „Danke. Weißt du, ich sollte dich vielleicht nicht daran erinnern, aber ich bin geschockt, dass du nicht am Handy klebst."

Daniel blieb stehen. „Oh. Daran habe ich gar nicht gedacht." Ihm wurde bewusst, dass er das gestern auch nicht getan hatte, als er zum Einkaufen hier gewesen war. Er hatte nichts anderes im Kopf gehabt, als zu Cole zurückzukommen und ihm etwas zum Abendessen zu machen.

Er zückte sein Handy und überprüfte das Netz. „Ja, ich habe drei Balken." Er zögerte und starrte auf das Display, das mit Benachrichtigungen gespickt war. Dann schaltete er das Gerät aus und steckte es resolut wieder in die Tasche.

Cole stieß einen leisen Pfiff aus. „Sieh mal an, du änderst ja wirklich deinen Rhythmus."

Sie gingen weiter, und Daniel sagte: „Sergeant Becky

wäre stolz.“

„Sergeant Becky? Echt jetzt? Irgendwann musst du mir mal davon erzählen.“ Er zeigte mit dem Finger. „Hey, da ist ein kleines Kino! Und schau mal, was da läuft.“

Daniels Herz machte einen Sprung, als er das Poster im Schaukasten des altmodischen kleinen Kinos sah. „Aber du hast den neuen Star Wars-Film doch schon gesehen.“

„Den schau‘ ich mir total gerne nochmal an! Und wenn ich einschlafe, ist das nicht weiter schlimm. Los, komm, sehen wir nach den Zeiten.“

„Macht es dir auch bestimmt nichts aus?“

Cole zerrte an Daniels Ärmel. „Ganz sicher nicht.“ Er überflog die Hinweistafel. „Im Moment läuft er auf Französisch, aber auf Englisch kommt er in fünfundvierzig Minuten. Perfekt! Gehen wir in die Confiserie da drüben. Wir essen heute Süßigkeiten und Popcorn zu Mittag, und willst du wissen, warum? Weil wir es können.“

Eine halbe Stunde später jonglierte Daniel mit zwei großen Bechern Popcorn – mit einer Schicht Butter in der Mitte *und* einer obendrauf – und seiner Cola. Cole hielt seine Limo in der Hand, und die Tüte aus der Confiserie hing über seinem gesunden Arm.

Cole fragte: „Wo möchtest du sitzen?" Sie waren die ersten im Zuschauerraum, in dem es nur acht Sitzreihen gab, aber eine recht große Leinwand.

„Ganz hinten? Ich hasse es, wenn mir jemand gegen die Sitzlehne tritt."

„Oh mein Gott, ich *auch*."

„Und in der Mitte sitzen immer zu viele Leute. Leute sind echt nervig."

„Ich würde jetzt mit dir abklatschen, wenn einer von uns eine Hand frei hätte."

Als das Licht für die Vorschau gedimmt wurde, war das Kino nur halb voll. Die meisten Touristen waren wahrscheinlich noch auf den Pisten. Ein lautes Knacken ließ Daniel zusammenfahren, und Cole flüsterte: „'tschuldigung. Terry's Chocolate Orange?"

Er wickelte die Folie ab und reichte Daniel ein Stück. Ihre Finger berührten sich, und Daniels Atem geriet ins Stocken, bevor er den eigenwilligen Ausbruch von *haben wollen* zügelte. Er stopfte sich die Schokolade in den Mund.

Ich habe wirklich einen Nervenzusammenbruch.

Doch trotz seiner Verwirrung erfüllte ihn Frieden. Während die John-Williams-Fanfare spielte und der kultige gelbe Text über die Leinwand kroch, der sie auf den neuesten Stand der galaktischen Geschehnisse brachte, grinste er vor sich hin, glücklicher, als er sich seit den Anfangstagen mit Trevor erinnern konnte, bevor alles zum Teufel gegangen war.

Dieses Leben kam ihm Gott sei Dank wie längst vergangen und weit, weit weg vor. Daniel war jetzt hier bei Cole, und er wollte nirgendwo anders sein.

„DIESES SCHEIßDING MUSS doch inzwischen heiß genug sein“, sagte Cole. „Es sind schon mehr als vierundzwanzig Stunden.“

„Siebenunddreißig Grad. Perfekt, laut dem Hinweistext.“ Daniel, der vor dem Kontrollfeld an der Seite des Whirlpools gekauert hatte, richtete sich auf. „Wir können unsere Badehosen anziehen und – Mist. Ich hab' meine nicht eingepackt.“ Er klatschte sich mit der flachen Hand an die Stirn. „Ich Trottel. Wer mietet ein Haus mit Whirlpool und nimmt keine Badehose mit?“

„Oh. Das ist mir nie in den Sinn gekommen. Allerdings hatte ich ja keine Ahnung, wo du mich hinbringst. Und ich hatte eine frische Gehirnerschütterung.“ Cole stand neben der Schiebetür zum Haus. Sie hatten die Glastüren um den Whirlpool herum noch nicht geöffnet. „Ich meine… wir können doch einfach nackt reingehen, oder?“ Coles Wangen waren rosig, als wäre er wieder in der Kälte draußen. „Außer uns ist doch niemand hier. Aber wenn das zu schräg ist…“

„Nein, es ist okay. Natürlich.“ *Ja, es ist voll okay! Überhaupt kein Problem. Wir ziehen uns einfach nackt aus. Kleine Fische*, dachte Daniel spöttisch, doch sein Puls raste. „Wir haben uns damals wahrscheinlich oft genug nackt gesehen.“

Cole lächelte schwach. „Ein paar Mal, glaube ich.“

„Wir müssen auch was über deinen Gips ziehen. Nur für alle Fälle. Im Schrank in unserem Zimmer sind ein paar Bademäntel und Badelatschen, die Justin glücklicherweise nicht gefunden hat.“ Daniel ging voraus und hielt inne, um sich zu vergewissern, dass Cole auf der Treppe zurechtkam.

Alles ist gut. Hier gibt's nichts zu sehen. Ich werde nicht ausflippen.

Er legte die Bademäntel auf dem Bett bereit und zog sich aus, den Blick starr zu Boden gerichtete. Nachdem er in den weichen Frotteebademantel geschlüpft war und den Gürtel verknotet hatte, blickte er auf und stellte fest, dass Cole immer noch seine Jeans trug.

„Ich hab' nur gedacht, wir sollten meinen Gips abdecken, bevor ich den Bademantel anziehe.“ Coles Wangen waren immer noch sehr rot.

„Guter Plan.“ Nachdem Daniel Coles Arm bis zur

Schulter in den Plastikhandschuh gehüllt hatte, schob er vorsichtig ein Gummiband darüber, um ihn zu befestigen. „Und denk mal, du könntest hinterher eine Kuh untersuchen."

Als Cole lachte, streifte sein Atem Daniels Gesicht. „Danke, ich verzichte."

„Soll ich dir mit der Jeans helfen?"

Coles Adamsapfel hüpfte, und er nickte. „Danke."

Daniel hatte ihm nur den Knopf aufmachen wollen, da Cole imstande schien, den Rest selbst hinzukriegen. Aber er fand sich auf den Knien wieder und dabei, Cole die Jeans herunterzustreifen und ihm beim Heraussteigen zu helfen. Er blickte auf und stellte fest, dass Coles Brustkorb sich rasch hob und senkte.

Schau nicht auf seinen Schwanz. Auch wenn du ihn direkt vor der Nase hast, schau nicht hin.

Daniel rappelte sich hoch und hielt sich beschäftigt, während Cole seinen Boxerslip auszog und sich den Bademantel um die Schultern legte. Cole fragte: „Bereit?"

Daniel war sich da nicht allzu sicher, aber er nickte dennoch.

In der Küche schnappte er sich zwei Plastik-Weingläser von einem Regal mit der Aufschrift *Zur Benutzung im Whirlpool*. In seines schenkte er Merlot ein, in Coles Orangensaft. Er klemmte sich beide Flaschen unter den Arm, falls sie noch mehr wollten.

Cole wartete an der Glasschiebetür. „Danke. Tut mir leid, ich hätte die Abdeckung abgenommen, aber ich weiß nicht, ob ich das mit einer Hand geschafft hätte."

„Schon gut. Sie ist überraschend schwer. Aber du kannst die Tür aufmachen."

Cole öffnete sie mit theatralischer Geste, und bald hatte Daniel die Abdeckung verstaut, ihre Gläser in die Getränkehalter gestellt und die Scheiben auf der anderen Seite geöffnet, um ihnen freie Sicht auf die weiß gekrönten Berggipfel in der Ferne zu geben. In der untergehenden Sonne glitzerte die schneebedeckte Eisfläche des Sees wie Diamanten, unberührt bis auf vereinzelte Schneeschuh-Spuren.

„Okay." Cole fasste den Whirlpool ins Auge. „Lass mich nur…" Er trat aus seinen Badelatschen. „Kalt, kalt!" Er riss sich den Bademantel von den Schultern und warf ihn über einen Wandhaken, dann ging er zum Whirlpool und stieg mit einem Bein hinein.

Nackt. Völlig nackt.

Daniel gab sich alle Mühe, nicht nach Coles langem, unbeschnittenem Penis zu schielen, der vor tief hängenden Hoden unter einem kurzgeschorenen Busch dunkler Haare baumelte.

Er gab sich wirklich große Mühe.

Cole streckte ihm seine unverletzte Hand entgegen. „Äh, kannst du…"

Dadurch aufgeschreckt nahm Daniel seine Hand und stützte ihn, als er auf den nächstgelegenen Sitz kletterte und dann hinunter in die Mitte des Whirlpools.

Sie hielten sich an den Händen, und es war warm und ein bisschen schwitzig. Daniel hätte fast nicht losgelassen, als Cole den Ecksitz auf der rechten Seite des Whirlpools erreichte, wo er den rechten Arm auf dem Rand auflegen konnte.

Aber er ließ Coles Hand doch los, und seine Stimme war beinahe normal, als er fragte: „Okay?"

„Ja. Ich glaube, ich sitze gut."

Daniel hängte seinen Bademantel auf, streifte seine Badelatschen ab und kletterte auf den Sitz in der linken Ecke. Er seufzte unwillkürlich auf, als er sich ins heiße Wasser sinken ließ.

Cole grinste. „Tolles Gefühl, was?"

„Oh ja."

„Der Ausblick ist auch klasse."

Daniel schaute Cole an. „Ist er."

Als es Nacht wurde, gingen die Lichterketten am Verandageländer automatisch an, und der Baum leuchtete von drinnen. Es hatte etwas absolut Perfektes an sich, in der frostig-klaren Luft in dampfend heißem Wasser zu sitzen.

Und außerdem konnte Daniel sich jetzt, wo Cole bis zur Brust in blubberndem Wasser lag und im Rhythmus der Strömung kaum seine rosigen Nippel zu sehen waren, entspannen und aufhören, unangebrachte Sachen zu denken.

In drei, zwei, eins…

Was war bloß los mit ihm? Er trank einen großen Schluck Wein; der trockene, fruchtige Nachgeschmack kribbelte auf seiner Zunge. Er musste aufhören, daran zu denken, wie Coles Schenkelmuskeln beim Reinklettern unter der Haut gespielt hatten. Wie hinreißend sein Schwanz war, und wie gern Daniel ihm einen blasen und herausfinden wollte, was für Laute er von sich gab, wenn er kam.

Meine. Fresse.

Er musste an *irgendwas* anderes denken, weil er gerade unter dem schäumenden Wasser einen Ständer bekam. Es ergab überhaupt keinen Sinn. Erstens sollte er sich eigentlich um Cole kümmern, statt geil auf ihn zu sein. Sie waren sozusagen Brüder. Nein, nicht wirklich, überhaupt nicht.

Aber Cole war immer noch jünger. Und verletzt. Es war falsch. Daniel sollte eigentlich verantwortungsvoll und vertrauenswürdig sein. Bei seiner Beförderung zum Direktor hatte Martin gesagt, dass einer der Gründe dafür seine Gelassenheit war. Seine Ausgeglichenheit.

Also warum hing er jetzt so in der Luft?

Außerdem war es erst ein paar *Tage* her, seit er Cole wiedergesehen hatte. Er sollte sich eigentlich überhaupt nicht auf diese Art zu ihm hingezogen fühlen, aber ganz bestimmt nicht so schnell. Das hier war völliges Neuland.

Er trank sein Glas leer, dann griff er über den Wannenrand nach der Flasche und füllte es erneut. Seine Haut juckte und fühlte sich an, als wäre sie ihm zu eng. Irgendwie kam er sich wund gescheuert und verletzlich vor; dieses neue Verlangen nach Cole stellte ihn bloß und machte seine übliche Beherrschung zunichte.

Er ging eine Liste von sexy Schauspielern durch, die er sich gern anschaute. Doch selbst wenn Chris Evans, Chris Hemsworth *und* Chris Pratt auf magische Weise nackt hier im Whirlpool aufgetaucht wären, hätte Daniel nur Augen für Cole gehabt.

„Bist du okay?"

Daniel blinzelte und rang sich ein Lächeln ab. „M-hm!"

„Du hast irgendwie panisch ausgesehen. Wird dir zu heiß?"

Ja, aber nicht so, wie du meinst. „Ich habe nur gerade an die Arbeit gedacht. An den ganzen Kram, den ich im Januar erledigen muss."

Cole bedachte ihn mit einem strengen Blick. „Keine Arbeit. Meine Masterarbeit schreibt sich auch nicht von allein, aber wir sind im Urlaub. Machen wir uns erst dann wieder Gedanken um den ganzen Scheiß, wenn es soweit ist. Er wird immer noch da sein, das versprech' ich dir."

Daniel musste lachen. „Du hast Recht. So ist es."

„Aber wir sollten darauf achten, dass uns nicht zu heiß wird. Bei der kalten Luft kann das täuschen, glaube ich."

Daniel nickte und schlürfte seinen Wein. Oder kippte ihn in sich hinein, was auch immer. Nach dem zweiten Glas war er immer noch halb steif. Cole bewegte sich, und sein Fuß streifte den von Daniel. Funken schossen direkt in seine Eier. Daniel atmete in flachen, leisen Stößen und sah zu, wie Cole einen kleinen Schluck Orangensaft trank und sich dann die Lippen leckte.

Coles Lippen waren ziemlich schmal und glänzten feucht nach dem Vorschnellen der roten Zunge. Wie es wohl wäre, ihn zu küssen? Ihm die Zunge in den Mund zu schieben? Was für Laute würde Cole von sich geben? Würde er stöhnen und wimmern?

Fuck. Daniel ging gleich einer ab, und dabei hatte er sich nicht einmal berührt.

Dann machte er irgendwie seine bescheuerte große Klappe auf und sagte: „Ich würde dich wirklich gern küssen."

Cole starrte ihn mit großen Augen an, das Orangensaftglas auf halbem Weg zum Mund. „Äh... Hä?"

Fuck, fuck, Scheiße, Pisse, fuuuck. „Oh mein Gott. Tut mir furchtbar leid. Ich weiß nicht, was mit mir los ist. Ich..." Er kämpfte um irgendeine Art von Erklärung. Zwei Gläser Wein reichten kaum, um ihn beschwipst zu machen, geschweige denn betrunken. „Es muss wohl die Hitze sein."

„Moment mal. Du möchtest mich küssen? Das hast du doch gesagt. Stimmt's? Ich hab' mich nicht verhört?"

Daniel wollte im dampfenden Wasser versinken und sich verstecken, aber er antwortete. „Ja, Cole. Ich weiß, das ist..." *Was? Was ist es?*

„Ich bin dabei." Cole nickte energisch.

„Du... wirklich?" Ein halber Meter trennte sie im Whirlpool, und sie starrten einander an. Daniels Schwanz schwoll an, Feuer rann durch seine Adern. Schock, Lust und ein Aufblitzen von Freude blubberten durcheinander.

Cole rutschte herüber, setzte sich rittlings auf ihn

und stützte seinen Gips neben Daniels Kopf auf den Rand des Whirlpools. Ringsum stieg Dampf auf, und sie stöhnten, als sich ihre Schwänze berührten. Daniel entdeckte zu seiner Freude, dass Cole auch einen Ständer hatte.

Er legte beide Hände flach auf Coles Rücken, um das Muskelspiel zu spüren. Coles straffer kleiner Körper war köstlich schwer, seine Knie eng an Daniels Hüften geschmiegt.

„Heilige Scheiße. Ist das nicht schräg?", fragte Daniel. In seinem Kopf wirbelten zu viele Gedanken durcheinander, um einen festzuhalten.

Cole schüttelte den Kopf. „Davon träume ich schon, seit ich dreizehn war."

„Okay, *jetzt* ist es schräg." Er versuchte, sich auf den Mann auf seinem Schoß zu konzentrieren und nicht diesen kleinen Jungen mit den abstehenden Ohren vor sich zu sehen.

Cole lachte. „Halt' die Klappe." Sein Mund war leicht geöffnet, und sein Blick huschte von Daniels Augen zu seinen Lippen und wieder zurück. Ein Wassertropfen rann ihm über die Stirn, und Daniel hob eine Hand und wischte ihn weg, bevor er Cole in die Augen lief.

„Daniel, kann ich dich jetzt küssen?"

Er konnte nur nicken und sog zittrig den Atem ein, als Cole sich vorbeugte und ihre Lippen sich trafen. Anfangs war es ein sanftes, zaghaftes Erkunden, und ihre Lippen teilten sich unter leichten, zärtlichen Küssen. Daniel hatte eine Hand an Coles Taille und schob ihm die andere ins Haar, umfasste seinen Hinterkopf und wühlte seine Finger in die kurzen, dampf-feuchten Strähnen. Der Whirlpool summte, und Hitze hüllte sie ein.

Er küsste Cole.

Ihre Nasen stießen zusammen, und sie lachten. Ein berauschendes Gefühl der Leichtigkeit prickelte in Daniel wie das blubbernde Wasser. Er hatte seit Trevor niemanden mehr geküsst, und jetzt war er dankbar, dass Justin mehr daran interessiert gewesen war, ihm einen zu blasen, um seine Eroberung zu machen. Daniel hatte vergessen, wie wundervoll es war, einander zu kosten, zu erregen und Atem zu teilen. Zuneigung wallte in ihm auf.

Der Kuss wurde inniger, Zungen berührten sich, Bartstoppeln kratzten. Cole schmeckte nach Orange und einem Hauch von Schokolade, und Daniel jagte nach der Süße, ließ beide Hände an Coles Rücken auf und ab gleiten, stieß weiter nach unten vor zu seinem Hintern.

Cole wiegte die Hüften und hob keuchend den

Kopf, suchte Daniels Blick. „Ich finde es schön, dass du einen Harten für mich hast.“

Daniel hielt Coles Hintern fest und wölbte sich stöhnend hoch. „Ich hatte schon Angst, mir geht einer ab, als ich nur daran gedacht habe, dich zu küssen.“

Cole stürzte sich auf seinen Mund, schob die Zunge hinein, leckte und lutschte, als wollte er Daniel verschlingen. Sie stießen rhythmisch die Hüften vor, rieben sich unter Wasser aneinander. Keuchend griff Cole mit der rechten Hand nach hinten und lehnte sich schwer gegen Daniel.

Er murmelte: „Fass mir an den Arsch. Zieh ihn auseinander.“

Daniel befolgte die Anweisung nur zu gern, aber… „Wir brauchen ein Kondom.“

Cole leckte über Daniels Mund. „Dafür nicht. Vertrau mir.“ Er richtete sich im Knien auf, brachte Daniels Schwanz in Position und klemmte ihn zwischen seine Hinterbacken, als er sich wieder herabsenkte.

Die Reibung war unglaublich. Daniel stöhnte, hielt Coles Hintern fest und stieß nach oben in die schmale Spalte. Cole beugte sich noch weiter vor, presste ihre Oberkörper ganz aneinander und hakte sein Kinn über Daniels Schulter. Sein steifer Schwanz war so fest zwischen ihnen eingeklemmt, dass er bei jeder Muskelanspannung an Daniels Bauch rieb.

Daniel war wie im Rausch und *lebendig*, seine Auflösung vollkommen. Er hielt Coles Hintern gepackt, während Cole sich an ihm rieb. Funken sprühten von Daniels Brustwarzen, von seinem Schwanz und von jedem Zentimeter seines Körpers, den Cole berührte.

„Fuck", murmelte Cole. „Ich will dich unbedingt in mir haben. Aber ich kann nicht warten. Ich muss kommen."

Daniel konnte nur stöhnen, und seine Eier zogen sich zusammen. Die Hitze des Wassers, Coles Körper und der Druck seiner Hinterbacken waren zu viel. Daniels Orgasmus fegte durch ihn hindurch, und er verkrampfte sich, warf den Kopf zurück und spritzte ab, während Cole sich fieberhaft an ihm rieb.

Die Lust füllte jede Pore, und sie war so viel intensiver, als wenn Daniel sich einen runterholte. Er zitterte.

„Gut so", stöhnte Cole. „Oh fuck, ich bin ganz dicht davor. Ich will dich so sehr."

Daniel zwängte eine Hand zwischen ihre Körper und griff unter Wasser nach Coles Schaft, streichelte ihn und zog die Vorhaut zurück, umspielte die Eichel mit dem Daumen. Cole schrie auf und erschauerte, und Daniel war sich ziemlich sicher, dass er gerade kam.

Er drückte Coles Hintern mit der linken Hand zusammen, feuerte ihn zum Weitermachen an, bis Cole über ihm zusammensackte, das Gesicht an Daniels Hals, mit offenem Mund, so dass seine Zähne an der Haut schrammten.

Sie rangen nach Atem, und Cole hob den Kopf. Seine Pupillen waren geweitet, als hätte er irgendwelche Reste von Justins Gras geraucht. Die Sonne war untergegangen, aber die Lichterketten leuchteten hinter ihm. Dampfschwaden stiegen in die kalte Luft.

Sie starrten sich keuchend an. Der Whirlpool schaltete sich ab, als der Zyklus beendet war. Ihr Atem war sehr laut in der plötzlichen Stille.

Hatten sie gerade einen gewaltigen Fehler gemacht?

Cole grinste. „Wir müssen das Wasser wohl nochmal wechseln, bevor wir gehen."

Erleichterung durchströmte Daniel. Er konnte Cole nur an sich drücken und ihn zärtlich küssen, während der Mond über den verschneiten Bergen aufging und nach so vielen freudlosen Jahren wieder Freude in sein Herz einzog.

Kapitel Acht

„ TAMPONS, TABLETTEN GEGEN Sodbrennen, Sonnencreme, Babyshampoo…" Daniel kauerte in seinem fluffigen weißen Bademantel vor dem Schränkchen unter einem der Waschbecken und kramte darin herum. Es enthielt ein Sammelsurium von Toilettenartikeln, die wahrscheinlich von früheren Gästen hiergelassen worden waren.

„Wie kann man nur zu einem Romantikurlaub keine Kondome und kein Gleitgel mitbringen?" Cole trat von einem Fuß auf den anderen und versuchte, nicht auf und ab zu tigern. Wenn sie nochmal ins Dorf mussten, dann sei's drum. Denn er würde so bald als menschenmöglich von Daniel gefickt werden.

Daniels Stimme klang gedämpft, da er sich weiter in das Schränkchen hineinbeugte. „Justin hat gesagt, er kümmert sich drum, weil ich die ganze letzte Woche über lange gearbeitet habe.“

„Ich glaube, das war eine freudsche Fehlleistung. Tief in dir drin hast du gewusst, dass du dieses Arschloch auf keinen Fall ficken willst. Buchstäblich.“

Lachend lehnte Daniel sich zurück. „Touché. Und ta-da!“ Er hielt eine Schachtel Kondome hoch. „Sieg.“

Verlangen brodelte in Cole und zerrte an seiner Leistengegend. *Ich kriege Daniel Diaz‘ Schwanz. Verdammt, ich träume wohl.* „Check das Verfallsdatum.“

Daniel musterte die Schachtel. „Alles gut.“

Und es *war* alles gut. Sie waren im Whirlpool intim gewesen, und danach hatten sie gelacht und sich geküsst. Daniel hatte Käsetoast gemacht, den sie in ihren Bademänteln gegessen hatten, an die Kücheninsel gelehnt. Es hatte sich alles so natürlich angefühlt.

Es war *gut*.

„Mal sehen, ob da auch… Heilige Scheiße. Hier gibt es wirklich alles.“ Er hielt das Gleitgel hoch, dann berührte er Coles rechte Hand. „Cole?“

„Huh? Ja, das wird gehen.“

Daniel runzelte die Stirn. „Alles okay mit dir? Du hast irgendwie leicht weggetreten gewirkt.“

„Nein, mir geht’s prima.“ Cole strich Daniel eine Haarlocke aus der Stirn. „Ich hab‘ nur gerade gedacht, wie verrückt das ist. Wie richtig es sich anfühlt. Du und ich.“

Aber jetzt wurde Daniels Stirnrunzeln noch tiefer. Mist, vielleicht hatte Cole zuviel gesagt. *Idiot!* Er würde ihn kopfscheu machen. Schließlich waren sie kein *Paar*, nur weil sie einmal im Whirlpool rumgevögelt hatten.

Daniel richtete sich auf und lehnte sich neben Cole an den Waschtisch. Er strich ihm mit einem Finger über die Ohrmuschel, und Cole erschauerte. Sein Herz pochte. „Aber was du gesagt hast, dass du das schon seit damals willst… Ist das wahr? Ich meine, warst du in mich verknallt oder so?"

„Gewaltig verknallt. Ich hab' dir doch neulich erzählt, du hättest mir dabei geholfen, zu erkennen, dass ich schwul bin. Nicht nur, weil du mir ein Beispiel gegeben hast, indem du dich geoutet hast. Sondern auch, weil ich rund um die Uhr einen Ständer hatte, wenn ich nur an dich gedacht habe."

Immer noch mit der Kondomschachtel in der Hand lachte Daniel: „Du bist redegewandt."

Cole atmete auf. Vielleicht hatte er Daniel ja doch nicht zu sehr erschreckt. „Und ich bin jetzt kein Kind mehr. Wie du siehst."

Daniel warf ihm einen spitzbübischen Blick zu. „Ja, das habe ich gemerkt." Er zog am Gürtel von Coles Bademantel und sank dann vor ihm auf die Knie. „Darf ich…"

„Aber ja doch. Blas mir einen."

„Du bist ziemlich herrschsüchtig." Er grinste. „Gefällt mir."

Bevor Cole antworten konnte, beugte Daniel sich vor und rieb das Gesicht an seiner Leistengegend, schob die Hände unter den offenen Bademantel und fasste Cole an den Hüften. Cole lehnte sich an den Waschtisch und umklammerte die Kante mit seiner unverletzten Hand.

Daniel blickte mit seinen schönen, grünbraunen Augen zu ihm auf und leckte vom Ansatz bis zur Spitze am seinem Schaft entlang. Cole konnte nur stöhnen, und sein Schwanz pulsierte vor Verlangen.

Anfangs war Daniel eher zaghaft, küsste und leckte, lutschte an der Eichel und blickte zu ihm auf. Es kam Cole so vor, als suchte er Bestätigung, daher lächelte er und murmelte: „Fühlt sich fantastisch an. Du kannst das echt gut."

Nach allem, was Daniel ihm gestern Nacht erzählt hatte, war es wahrscheinlich Jahre her, seit er das zum letzten Mal gemacht hatte. Er war zwar ein bisschen unbeholfen, aber für Cole war es jetzt schon der beste Blowjob seines Lebens, weil es *Daniel* war, der vor ihm kniete.

Daniels hübsche Wimpern flatterten über seinen goldbraunen Wangen, als er kräftiger lutschte, ihn tiefer in sich aufnahm. Er umfasste den unteren Teil des Schafts mit einer Hand, während er die Vorhaut mit der Zunge reizte und erforschte. Cole stockte der Atem, und ein Schauer nach dem anderen überlief ihn.

Er wünschte verzweifelt, er hätte zwei brauchbare Hände. So konnte er nur hoffen, dass Daniel seine Hüften fest genug im Griff hatte, um ihn auf den Füßen zu halten.

Er ließ den Waschtisch los, wühlte die Finger in Daniels Locken und umfasste seinen Hinterkopf. „Hast du einen Harten?"

Daniel blickte auf, die vollen Lippen von Coles Schaft gedehnt, und lutschte kräftig, dann gab er ihn mit einem feuchten Schmatzen frei, das köstlich von den Fliesen widerhallte. Er setzte sich auf die Fersen und zog seinen Bademantel auseinander, um seinen beachtlichen Ständer zu zeigen, der sich rot und prall aufwärts krümmte. Die feuchtglänzende Eichel schaute aus der Vorhaut hervor.

„Verdammt, bist du schön. Das ist so gut." Cole streichelte Daniels Kopf. „Ich kann's kaum erwarten, den in mir zu haben." Mit wild pochendem Herzen fragte er: „Magst du Rimming? Als ich das zum ersten Mal in einem Porno gesehen habe, habe ich davon geträumt, dass du das bei mir machst. Ich–" Er keuchte auf, als

Daniel ihn ruckartig umdrehte, griff mit seiner gesunden Hand nach dem Waschtisch und ignorierte den Schmerz, der durch seinen linken Arm schoss.

Daniel riss Coles Bademantel hoch und zog seinen Hintern auseinander, Cole beugte sich über den Waschtisch und stellte sich breitbeinig hin. Er keuchte: „Das nehme ich mal als *jaaaa*."

Die Kante des Waschtischs grub sich in seinen Bauch und sein Kopf bumste gegen den Spiegel, aber er stöhnte: „Hör nicht auf. Mehr."

Heißer Atem strich über Coles empfindlichste Stelle. Daniel lehnte sich leicht zurück und spuckte, dann vergrub er das Gesicht zwischen Coles Hinterbacken, stieß die Zunge vor und leckte ihn. Coles Beinmuskeln zuckten, und sein Atem beschlug den Spiegel. Sein Schwanz triefte, und er schrie auf. Er wollte, dass das nie aufhörte, aber zugleich brauchte er unbedingt mehr.

„Fick mich. Bitte. Ich brauch' deinen Schwanz."

Cole stöhnte, als Daniel ihm einen Abschiedskuss zwischen die Hinterbacken gab und sah im Spiegel zu, wie er sich hinter ihm aufrichtete. Ihre Blicke trafen sich, und Daniel sagte: „Aufs Bett."

Cole war gerne bereit, gefickt zu werden, wo auch immer Daniel das tun wollte. Er nickte und folgte ihm ins Schlafzimmer. Unterwegs zog er seinen Bademantel aus und fluchte, als sich der Ärmel an seinem Gips verfing, bevor er ihn beiseite werfen konnte.

„Sei vorsichtig." Daniel, jetzt ebenfalls nackt, fasste Cole um die Taille und beugte sich vor, um ihm einen Kuss auf die Lippen zu hauchen. „Ich will dir nicht wehtun."

Coles Herz leuchtete so hell wie die Weihnachtslichter. „Wirst du nicht." Er wich zurück, drehte sich um und krabbelte ins Bett, dann legte er sich flach auf den Rücken. „Kannst du ein Kissen unter meinen Gips schieben?" Er streckte den Arm zur Seite, so dass seine Hand nicht zwischen sie geraten konnte.

Daniel kam der Bitte nach und kniete sich dann neben Coles Füßen auf das Bett, wartend und scheinbar verunsichert. Er hatte die Kondome und das Gleitgel mitgebracht, und Cole sagte: „Mach dich bereit. Hör auf, dir Sorgen zu machen." Er rieb mit dem Fuß über Daniels Schenkel. „Ich sag' dir Bescheid, falls was wehtut, versprochen. Okay?"

„Okay." Daniel warf ihm ein kleines Lächeln zu, bei dem Cole ganz warm ums Herz wurde.

Nachdem Daniel das Kondom übergestreift hatte, trug er Gleitgel auf und biss sich mit einem leisen Stöhnen auf die gerötete Lippe. Cole spreizte die Beine und zog die Knie hoch, bot sich ihm an. Verdammt, er *liebte* Schwänze, und ihm wurde ganz schwummrig bei dem Gedanken, dass er Daniel tatsächlich in sich haben würde. Er stöhnte auf und sein Schwanz hüpfte, als Daniel mit einem schlüpfrigen Finger in ihn eindrang.

„M-hm, ich bin bereit, ich bin sowas von bereit." Cole griff mit der rechten Hand nach Daniels Schulter, zog ihn an sich. „Fick mich." Er stieß ihm die Zunge in den Mund und nahm eine Kostprobe von seinem eigenen herben Geschmack.

Als Daniel langsam in ihn eindrang, mit zusammengebissenen Zähnen und geblähten Nüstern, stemmte Daniel sich ihm entgegen, trieb ihn tiefer hinein und genoss den leichten Schmerz, als Daniel ihn aufdehnte.

„Fuck, Cole." Daniel hielt sich mit zitternden Armen über ihm in der Schwebe.

„Ich weiß." Er schlang Daniel die Beine um die Taille. „Fester. Ich brauch' das. Ich weiß, dass du mir nicht wehtun wirst. Ein Orgasmus ist die beste Medizin gegen eine abklingende Gehirnerschütterung und gebrochene Knochen."

Daniel prustete ein Lachen über Coles Gesicht. Sie küssten sich unbeholfen, als Daniel sich zu bewegen begann, seinen Rhythmus fand und Cole komplett ausfüllte.

„Hätte nie gedacht, dass ich das nochmal haben

würde", murmelte Daniel. Er keuchte auf, als Cole seine inneren Muskeln um ihn herum anspannte, und dann legte er los und nagelte ihn *richtig*.

Cole hätte glücklich sterben können, während Daniel Diaz ihn durchpflügte. Die Wirklichkeit war so viel besser als jede noch so detaillierte Fantasie. Er hatte sich nicht wirklich vorstellen können, wie salzig Daniels Schweiß schmecken würde, wie er wimmern würde, die roten Lippen leicht geöffnet, wie er ihm in die Augen starren würde, als gäbe es nichts anderes auf der Welt.

Und so war es auch. Es gab nur sie beide, ihr Keuchen, die Küsse und den Sex.

Als Cole kam, bekleckerte er seine Brust, ohne seinen Schwanz auch nur berührt zu haben. Daniel drückte gegen die perfekte Stelle in ihm, und Cole spritzte ab, bis er nur noch zittern und stöhnen konnte, bis seine Eier leer waren.

Er spannte die Muskeln um Daniels Schwanz herum an. „Ich will dich für immer in mir haben."

„Oh!" Daniel warf ruckartig den Kopf zurück, wölbte den Rücken und kam. Er brach über Cole zusammen, keuchte in warmen Atemstößen an seiner Wange. Ihre Haut war klebrig und glitschig.

Cole hielt Daniel weiter fest mit den Beinen umschlungen. Vielleicht war es verrückt, aber „für immer" klang genau richtig.

Kapitel Neun

„BIST DU SICHER, dass du nicht Skifahren gehen willst? Ich will dich nicht zurückhalten." Sie kuschelten auf der Couch, und Cole strich mit den Fingern an Daniels Arm auf und ab. Der Heiligabend hatte wolkig begonnen, und es war Schnee vorhergesagt. Cole war gern bereit, zu bleiben, wo er war, aber ihn plagte das schlechte Gewissen, dass Daniel etwas verpasste.

Sie hatten zwei Tage lang auf jede nur erdenkliche Weise gevögelt, wenn auch eingeschränkt durch Coles Gips. Sein Hintern schmerzte angenehm, und er hatte Muskelkater in den Wangen, weil er Daniel heute Morgen ewig lang den Schwanz gelutscht hatte. Er hatte ihn immer wieder fast bis zum Orgasmus getrieben und ihn erst kommen lassen, als Daniel richtig schön gebettelt hatte.

„Ich war ehrlich gesagt noch nie Skifahren. Wahrscheinlich würde ich mir dabei nur so einen Gips wie deinen einhandeln."

Cole lachte. „Es gibt hier bestimmt noch viele andere Freizeitaktivitäten."

„Hmm. Vielleicht gibt es etwas, das wir zusammen machen können." Daniel schob Coles Füße von seinem Schoß, stand auf und griff nach einer Broschüre, die auf dem Kaffeetisch lag. Er setzte sich, und obwohl Cole die Beine angezogen hatte, nahm Daniel seine Füße und zog sie wieder auf seinen Schoß, warm und sicher.

Er schlug die Broschüre auf. „Schauen wir mal. Alpines Tourengehen – sieht nach Bergwandern mit Skistöcken aus, also fällt das flach. Mountainbiking, Langlauf, Abfahrtslauf, Hundeschlittenfahren, Eisklettern – oh nein, ohne mich – rodeln, eislaufen…" Er blätterte die Seiten um. „Ich glaube nicht, dass irgendwas davon knochenbruch-freundlich ist. Oh, Moment mal! Wir könnten eine Schlittenfahrt machen."

„So verlockend das auch ist, ich glaube, ich verzichte. Vielleicht sollten wir einfach nur ins Dorf gehen und unsere Lebensmittelvorräte auffüllen? Wir brauchen Milch und Kekse für den Weihnachtsmann heute Nacht. Oh, und Eierpunsch."

„Eierpunsch?" Daniel verzog das Gesicht.

„Hast du überhaupt schon mal welchen probiert?"

„Naja… nein. Nicht mehr, seit ich ein Kind war."

„A-ha! Ich besorge die Sachen für das Geheimrezept meiner Mom. Dann bist du bekehrt, das schwöre ich dir." Er dachte an sie mit einem vertrauten Anflug von Kummer, der erst scharf war, dann wieder dumpf und in den Hintergrund rückte, ohne jemals ganz zu vergehen.

„Okay. Ich probiere was davon."

„Apropos Mütter, was meinst du, was wird Claudia sagen? Zu uns? Ich glaube, sie wird es gut aufnehmen. Oder?"

„Naja, sie liebt dich ja schon, also ja. Ich glaube, sie wird begeistert sein. Wenn sie erst mal verwunden hat, wie skurril das alles ist. Was ist mit deinem Dad?"

Cole überlegte. „Wahrscheinlich erinnert er sich inzwischen kaum noch an dich, also dürfte es ihm vermutlich egal sein."

Daniel lachte. „Wohl wahr." Er warf die Broschüre wieder auf den Tisch und schob eine Hand unter Coles Schlafanzugshose an seinem Schienbein entlang. „Ich habe wirklich nichts dagegen, nur zu relaxen, statt auf die Piste zu gehen. Ich habe mich nicht mehr so entspannt, seit…" Er legte die Stirn in Falten.

„Nein, nicht die Stirn runzeln! Hör auf, darüber nachzudenken. Du runzelst zu oft die Stirn."

„Wirklich?", fragte Daniel, natürlich mit einem Stirnrunzeln.

„Ja. Ich meine, du kannst machen, was du willst. Du wirkst nur oft so besorgt. Gestresst."

Daniel spielte mit den Haaren auf Coles Bein. Er lächelte sanft. „Bin ich wohl auch." Dann blinzelte er und hob ruckartig den Kopf, als wäre er über etwas verblüfft. „Ich habe heute überhaupt nicht an die Arbeit gedacht! Oh. Das ist echt komisch."

„Na, dann fang jetzt nicht damit an." Cole setzte sich auf und zog ihn in einen Kuss, rieb mit dem Daumen über die Bartstoppeln auf Daniels Wange. „Lass uns die Vorräte aufstocken, dann können wir Winterschlaf halten, bis wir wieder nach Hause müssen."

Er wusste nicht genau, was aus der glücklichen kleinen Seifenblase werden würde, die sie sich hier geschaffen hatten, wenn sie erst einmal wieder im richtigen Leben in Ottawa waren. Aber Cole verdrängte die Sorgen. Sie würden jeden Tag nehmen, wie er kam.

BIBBERND RAMMTE COLE seine rechte Faust tiefer in die Tasche. „Der Windchill muss bei minus dreißig Grad sein." Seine Nasenhaare waren steifgefroren; winzige Eiszapfen säumten seine Nasenlöcher. Seine Fingerspitzen kribbelten, wo sie aus seinem Gips hervorschauten.

Daniel hielt inne, während sie vom Parkplatz zur Ortsmitte eilten. „Hast du keine Handschuhe?"

Cole hielt seinen Gipsarm hoch. „Der hier stellt eine Herausforderung dar."

„Aber deine andere Hand!" Daniel zog seinen rechten Handschuh aus und reichte ihn Cole.

„Jetzt frierst du doch."

„Ich stecke die Hand in die Tasche. Komm schon. Auf die Art haben wir wenigstens jeder eine warme Hand."

Cole versuchte, nicht zu sehr zu lächeln. „Okay. Danke."

Nachdem sie sich mit Alkohol und wahrscheinlich viel zu viel Verpflegung eingedeckt hatten, verstauten sie die Einkäufe im Auto und gingen zurück zur Hauptstraße, um sich etwas zu essen zu holen. Cole spähte nach dem roten Schild am anderen Ende der Fußgängerzone. „Ist das ein BeaverTails da unten? Ich hätte echt Lust auf was Warmes, Leckeres mit viel Zucker."

„Bin ich nicht süß genug?", fragte Daniel mit einem schnulzigen Augenzwinkern.

„So süß du auch bist, frittierte Backwaren haben was Unwiderstehliches an sich."

Daniel grinste. „Willst du welche holen, während ich

uns im Coco Pazzo was zum Mittagessen besorge?“ Er deutete mit dem Kopf auf das nahegelegene Restaurant. „Auf der Markise steht, dass sie Essen zum Mitnehmen machen. Oder willst du lieber drinnen essen?“

„Nein. Da drinnen werden noch andere Leute sein. Im Chalet gibt's nur dich und mich. Und den Whirlpool.“ Er wackelte mit den Augenbrauen und hob seine behandschuhte Hand zum High-Five.

Lachend klatschte Daniel mit ihm ab. „Klingt gut. Hast du Allergien oder gibt es Sachen, die du nicht magst? Vielleicht solltest du mitkommen und dir die Speisekarte anschauen. Es wird wahrscheinlich eine Weile dauern, bis das Essen fertig ist, dann kannst du solange weggehen. Oh, und wir sollten noch Challa bei dieser Bäckerei besorgen.“

„Das hole ich unterwegs. Und ich bin leicht zufriedenzustellen. Bring mir einfach irgendwas mit. Was ist mit dir? Magst du irgendwas nicht? Und in den Beavertails könnten Nüsse drin sein.“ Er konnte sich nicht erinnern, dass Daniel Allergien gehabt hätte, aber die konnte man ja entwickeln.

„Ich bin auch leicht zufriedenzustellen.“

„Ich weiß, aber hast du Allergien?“

Daniels Lachen folgte Cole mit dem Wind, als er die Straße entlanglief. Die goldenen Lichterketten über der

Straße und an Laternenpfosten schimmerten fröhlich unter dem trüben, wolkenverhangenen Himmel. Salz knirschte unter seinen Füßen, und riesige grün-rote Kränze schmückten die Straßenlampen. Es herrschte geschäftiges Treiben; angeregte Gespräche und Kinderstimmen erfüllten die Luft.

Ein kleines Mädchen in einem bauschigen blauen Schneeanzug quietschte vor einem Schaufenster mit einem enormen Puppenhaus, in dem mit Spielzeugfiguren – Menschen, Mäusen und welchen, die wie Biber aussahen – verschiedene Feiertagsszenarien dargestellt waren. Die Kleine zeigte mit dem Finger und lachte, und ihre Eltern lächelten.

Cole blieb stehen, um ebenfalls einen Blick in das Schaufenster zu werfen. Er wollte gerade weiterlaufen, als er etwas im Laden hinter dem Puppenhaus entdeckte, was sein Herz höher schlagen ließ. Er stieß die Tür auf und seufzte vor Erleichterung bei dem Schwall warmer Luft.

Der Laden führte Einrichtungsgegenstände und Krimskrams und auch eine große Auswahl an Weihnachts-Dekoartikeln. Als Cole sich die Spitze eines Weihnachtsbaums genauer ansah, packte ihn die Begeisterung. Das war absolut perfekt. Es war ihm egal, wieviel es kostete – Daniel musste es haben.

Eine Verkäuferin näherte sich, und Cole deutete auf die Christbaumspitze und sagte: „Gekauft."

Nachdem er die Beavertails und Brot gekauft hatte, steckte er die Schachtel mit der Christbaumspitze ganz unten in die Bäckertüte. Er versuchte, sich das Lächeln vom Gesicht zu wischen, als er im kleinen Takeout-Bereich des Coco Pazza wieder zu Daniel stieß. Hier war es wunderbar warm und roch nach Tomaten und Knoblauch und allem, was lecker war.

„Was?", fragte Daniel.

„Hm? Nichts. Ich bin nur glücklich."

Daniel runzelte die Stirn, aber Cole merkte ihm an, dass es nur aufgesetzt war. „Bist du sicher, dass du nicht wieder eine Gehirnerschütterung hast? Wie heißt du?"

„Cole Smith, und das ist mein bestes Weihnachten aller Zeiten. Vielleicht mit Ausnahme von dem einen Jahr, als meine Mom mit mir nach Disney World gefahren ist." Er tat, als würde er darüber nachdenken. „Nein. Tut mir Leid, Micky. Das hier ist das Beste."

Daniel bekam Grübchen in den Wangen. „Geht mir genauso. Ich kann's immer noch nicht fassen, wie surreal das alles ist. Auf gute Art."

„Das ist es wirklich." Coles Nase taute in der Wärme und seine Wangen kribbelten. Sein Magen knurrte, und er zog seinen Handschuh aus und schaffte es, die

BeaverTails-Schachtel zu öffnen. Er brach eine Ecke von einem der länglichen, flachen Gebäckstücke ab, die wie abgerundete Rechtecke geformt waren.

Er hielt Daniel das Stück Schmalzgebäck hin. „Ich hab' gedacht, wir können teilen. Ich habe einen mit Ahornsirup, einen ganz klassischen mit Zimtzucker und den hier, mit Nutella."

Mit einem leisen Stöhnen steckte Daniel die klebrige, zuckrige Leckerei in den Mund und leckte sich die Lippen. Cole aß ebenfalls ein Stück, und als er sich die Finger ableckte, sah Daniel mit verschleiertem Blick zu und rückte näher.

Eine Frau räusperte sich. „Charcuterie-Teller, Calamari, Trotta affumicatta, Gnocchi mit Gorgonzola, zwei Lammkoteletts und die Spaghettini con anatra."

Cole fielen fast die Augen raus. Er fragte Daniel: „Hast du Justin und die Gang wieder eingeladen?"

„Ich hab' mir gedacht, wenn was übrig bleibt, wäre das gar nicht so schlecht. Und ich wusste nicht genau, was du magst."

„Also hat er einfach alles genommen", stimmte die Frau fröhlich bei. „Fröhliche Weihnachten, Jungs."

Cole schaffte es, zu warten, bis sie im Auto saßen, ehe er sich auf Daniel und in haselnuss-schokoladige Küsse stürzte.

Cole kuschelte das Gesicht an Daniels Nacken. Sein Atem kitzelte, und seine Bartstoppeln waren rau. „Fröhliche Weihnachten", flüsterte Cole und schmiegte sich von hinten an ihn. Er hatte seine Flanell-Schlafanzugshose angezogen, und der Stoff rieb weich an der Rundung von Daniels Hinterteil.

„Mmm."

„Hab' ich dich letzte Nacht so fertig gemacht, du Schlafmütze?"

Ein lustvoller Schauer lief Daniel über den Rücken, als er daran dachte, wie Cole ihn geritten hatte, die Schenkelmuskeln angespannt und mit hüpfendem Schwanz. Er hatte es besser hinbekommen als erwartet, hatte sich mit seiner gesunden Hand auf Daniels Brustkorb abgestützt und Abdrücke seiner Fingernägel hinterlassen. Daniel konnte sich nicht erinnern, schon jemals so viel Spaß beim Sex gehabt zu haben wie mit Cole.

Er öffnete die Augen und blinzelte in dem trüben Licht, das von draußen hereinfiel. Wolken füllten das Stückchen Himmel, das er zwischen den leicht geöffneten Vorhängen sehen konnte. „Schneit es?"

„Ja. Der Weihnachtsmann musste sich letzte Nacht

ganz schön ranhalten. Perfekter Tag, um drinnen am prasselnden Kamin zu bleiben. Aber Feuermachen ist ein Zweihand-Job, wie's aussieht, also Zeit zum Aufstehen."

Daniel drehte den Kopf und gab ihm einen Kuss. „Du bist wirklich herrschsüchtig. Gefällt mir immer noch."

Nackt schlurfte Daniel ins Badezimmer, um zu pinkeln und sich das Gesicht zu waschen, dann zog er seine seidene Schlafanzugshose und ein T-Shirt an. Cole war wieder nach unten gegangen, und der Duft von frischem Kaffee waberte herauf.

Auf der Treppe atmete Daniel tief ein und bewunderte den Anblick des frischen Schnees durch die breiten Fenster und den Weihnachtsbaum, der –

Er stolperte auf der letzten Stufe, fing sich wieder und ging dann langsam auf nackten Füßen auf den Baum zu, der in seiner ganzen glitzernden Pracht erstrahlte. Der Stern, der auf der Spitze gesteckt hatte, war verschwunden. Stattdessen prangte dort…

Daniel blinzelte. Es war *Yoda*.

Mit einem *leuchtenden, grünen Lichtschwert*. Der grünhäutige Yoda trug eine sandbraune Robe und darüber einen weißen Mantel. Sein zerknittertes Gesicht war wundervoll detailliert, und er hielt das Lichtschwert diagonal nach oben.

„Frohe Weihnachten, und möge die Macht mit uns sein."

Daniel wirbelte herum. Cole biss sich auf die Lippe – offensichtlich versuchte er, ein Grinsen zu unterdrücken – und kratzte sich die nackte Brust. „Wie? Wann? Woher?"

„Den habe ich gestern entdeckt, als ich zu BeaverTails gegangen bin. Meiner Meinung nach war eine Yoda-Christbaumspitze etwas, das du in deinem Leben brauchst."

„Oh ja. Sowas brauche ich unbedingt." Er hatte so viele Dinge in seinem Leben gebraucht und gar nicht gemerkt, *wie* dringend er sie brauchte. „Danke." Er zog Cole an sich, beugte sich vor und küsste ihn.

Coles Körper passte perfekt in Daniels Arme. Es war schon viel zu lange her, seit er jemanden einfach umarmen gekonnt hatte, und nicht nur kurz zur Begrüßung wie seine Mom oder Pam. Er atmete tief ein und roch Seife, einen Hauch Kiefernduft und *Cole*.

„Ich schmelze", murmelte er.

Cole lehnte sich zurück. „Ist es zu warm hier drin? Willst du kein Feuer anmachen?"

„Nein, ich meine…" Daniel strich mit dem Daumen über Coles Unterlippe. „Ich war innerlich gefroren, und jetzt schmelze ich nur so dahin. Das ist doch verrückt, oder? Bestimmt kommt jeden Moment das dicke Ende nach.“

„Nein.“ Cole kam näher und trat mit seinen eisigen Füßen leicht auf Daniels Füße. „Kein dickes Ende hier.“ Er wackelte mit den Zehen und schlang seinen gesunden Arm um Daniels Taille. „Aber ich finde, das Feuer ist eine gute Idee. Gleich, nachdem du mich nochmal geküsst hast.“

Mit einem Lächeln gehorchte Daniel, und bald darauf hatte er das Kleinholz angezündet, das aufgerollte Zeitungspapier flammte auf und erfasste die Holzscheite. Cole brachte ihm Kaffee, und dann saßen sie im Schneidersitz auf dem Kunstfell-Teppich vor dem Kamin unter dem Weihnachtsbaum und nippten an ihren Tassen.

„Weißt du, was wir heute machen sollten?“, fragte Cole.

Daniel schluckte einen Mundvoll aromatischen, bitteren Kaffee. „Was?“

„Das hier. Und im Whirlpool sitzen und vielleicht ein paar Filme gucken. Das restliche Italienische Essen verdrücken. Oh, und Sex.“ Cole nickte ernst. „Definitiv mehr Sex.“ Er kroch auf Knien zum Weihnachtsbaum und zog die Gleitgelflasche darunter hervor.

Daniel wusste gar nicht mehr, wann er zum letzten

Mal so viel gelacht hatte wie in den letzten paar Tagen. Seine Schultern bebten, und er umfasste seine immer noch warme Tasse fest mit beiden Händen. „Was ist mit einem Kondom?"

Cole hob die Hand und pflückte ein Folienpäckchen vom Baum. „Da sind noch ein paar versteckt. Der Weihnachtsmann glaubt an Safer Sex." Er klemmte sich den Rand der Folie zwischen die Zähne, hob das Gleitgel auf und krabbelte zu Daniel zurück.

Daniel nahm das Kondom, und sein Magen machte einen Sturzflug wie bei einer Achterbahnfahrt in Kanadas Wonderland. „Was hältst du davon, wenn du diesmal mich ficken würdest?"

Coles Atem stockte, und seine Lippen teilten sich. „Ja? Bist du bereit dafür?"

„Du bist derjenige, der dafür bereit sein muss." Er lachte über seinen eigenen albernen Witz.

Cole grinste. „Oh, ich versichere dir, das wird kein Problem sein."

„Was ist mit deiner Hand? Wie sollen wir…"

„Hmm." Cole warf einen finsteren Blick auf seinen Gips, dann rückte er näher und strich mit der Hand über Daniels Oberschenkel. Seine Finger waren sanft auf der Seide. „Wie magst du es gern?"

Daniel wusste, dass er errötete, denn seine Haut

wurde heiß bis zum Brustbein. „Wie auch immer wir das hinbekommen." Er hatte das seit Trevor nicht mehr gemacht, und sein Herz hämmerte wie wild bei der Vorstellung, Cole in sich zu haben.

„Aber wenn du's dir aussuchen müsstest?" Cole streichelte Daniels Bein, leckte sich die Lippen und sah ihn eindringlich an. Cole war so selbstbewusst beim Sex, und das ließ Daniels Schwanz hart werden.

„Auf allen Vieren", raunte er. „Du hinter mir."

„M-hm." Cole nickte und küsste Daniel mit Nachdruck. „Das klingt 1 A."

Daniel schnappte nach Luft. „Aber deine Hand?"

„Ich kann balancieren. Wir machen es so." Cole ließ seine Hand über Daniels wachsende Erektion gleiten, streichelte ihn durch die Seide hindurch. „Willst du auf meinem Schwanz kommen?"

Daniel nickte und zog ihn in einen weiteren Kuss, schob ihm die Zunge in den Mund. Heißes Verlangen machte sich in ihm breit, und ihm schwirrte der Kopf vor Lust – und weil er Cole unbedingt näher sein wollte.

„Zieh dich aus", befahl Cole und Daniel gehorchte hastig. Cole setzte sich auf die Fersen, immer noch in seiner Schlafanzugshose, und sein Adamsapfel hüpfte, als sein Blick über Daniels Körper huschte.

Ein Schauer rann über Daniels nackte Haut und

machte ihm Gänsehaut. Er wartete auf den Knien, mit dem Gesicht zu Cole.

„Wenn ich wieder zwei funktionsfähige Hände habe, rimme ich dich und ficke dich mit den Fingern, bis du drum bettelst. Aber diesmal musst du dich selbst bereit machen." Er deutete mit einem Kopfnicken auf das Gleitgel.

Das Blut rauschte Daniel in den Ohren, als er sich das kühle Gel auf die Finger gab. Der flauschige Teppich war weich unter seinen Knien, als mit einer Hand nach hinten fasste, um sich einen Finger in den Hintern zu stecken. Das Feuer flatterte zu seiner Linken, Cole kniete vor ihm, und die bunten Lichter des Weihnachtsbaums warfen ihren Schein auf Coles Haut.

Daniel konnte das Stöhnen nicht unterdrücken, als er seinen Finger ungeduldig hineinstieß und sein Anus unter der Dehnung schmerzte. „Fuck", fluchte er gedämpft.

Mit seiner gesunden Hand drückte Cole durch die Schlafanzugshose seinen Schwanz zusammen. „Fühlt sich's gut an?"

„Noch nicht, aber gleich." Daniel ächzte und zwängte einen weiteren schlüpfrigen Finger hinein.

„Tu dir nicht weh." Cole runzelte die Stirn.

„M-hm." Daniel stützte sich auf die linke Hand,

drehte sein Handgelenk und überwand den schmerzhaften Widerstand. Er behielt den Kopf oben und begegnete Coles begierigem Blick.

„Verdammt, ich wünschte, wir hätten einen Dildo. Du bist so geil. Und du willst meinen Schwanz." Cole schüttelte den Kopf, als könnte er es nicht glauben. Seine Brust hob und senkte sich schnell, und seine Nippel waren aufgerichtet und gerötet.

Stöhnend zog Daniel die Finger heraus und breitete sein Sweatshirt über dem Teppich aus. Er kroch zu Cole und griff nach dem Kondom. Cole richtete sich auf und ließ sich von Daniel die Schlafanzugshose bis zu den Schenkeln herunterstreifen, um seinen triefenden Schwanz zu befreien.

Cole stieß in einem warmen Schwall scharf den Atem aus, als Daniel ihm das Kondom überstreifte. Seine rechte Hand landete auf Daniels Schulter, und seine Finger gruben sich hinein. Daniel verteilte massenhaft Gleitgel auf dem Kondom, und sie küssten sich gierig und unter leisem Stöhnen.

Daniel unterbrach den Kuss. Seine Kehle war trocken. „Fick mich. Ich will dich so sehr. Brauch dich."

Coles Pupillen waren geweitet und dunkel. „Du hast mich. Dreh dich um."

Auf Händen und Knien fasste Daniel mit glitschigen

Fingern nach dem Sweatshirt und schob es zurecht, so dass es unter ihm ausgebreitet war. Er griff mit der linken Hand nach hinten und zog seine Hinterbacke zur Seite, während Cole dasselbe mit der Rechten machte.

Sie brauchten ein paar Versuche, aber dann hatte Cole seine schlüpfrige Eichel vor Daniels Rosette in Position gebracht. Er hielt sich an Daniels rechter Schulter fest und stieß ächzend zu.

Der plötzliche Schmerz trieb Daniel die Luft aus den Lungen. Coles Schwanz fühlte sich unmöglich riesig an. Mit offenem Mund schnappte er nach Luft und stemmte sich Cole entgegen, mehr als bereit, die Missempfindungen hinzunehmen, um ausgefüllt zu werden. Ihm war nicht bewusst gewesen, wie dringend er das gebraucht hatte.

„Oh, Mann. Du bist so eng." Coles Finger gruben sich in Daniels Schulter, als er Stück für Stück weiter eindrang. „Sag mir, wenn es zu viel ist."

„Hör nicht auf." Daniels Arme und Beine zitterten, und sein Nacken war schweißfeucht. „Ich will das hier. Will dich. Vertrau' dir."

Cole blieb für einen Moment reglos, dann lockerte sich der Griff seiner Hand, und er streichelte Daniels Schulter. Gleich darauf berührten seine weichen Lippen die Höcker von Daniels Wirbelsäule.

Daniel wimmerte. „Bitte.“

Nach einem weiteren zärtlichen Kuss gab Cole ihm, was er gewollt hatte, durchdrang endlich den Ringmuskel und rammte sich ganz hinein, bis seine Eier gegen Daniels Hintern prallten. Beide schrien auf, und Daniel starrte auf den weißen Kunstfellteppich.

Er war so voll, dass er Angst hatte, er würde auseinanderbrechen. Doch schon bald passte sich sein Körper an, und Cole begann, ein und aus zu gleiten. Anfangs ganz langsam, doch dann schneller und schneller, bis er Daniel schonungslos fickte. Haut klatschte auf Haut, glitschig von Schweiß, und neben ihnen loderte das Feuer.

Es loderte auch in Daniel. Die Dehnung war besser, als er sie in Erinnerung hatte. Das Gefühl des Ausgefülltseins und die Reibung an seiner Prostata ließen seine Erektion wieder aufleben, und er konnte nur stöhnen und ächzen, denn richtige Worte zu formen war zu schwierig.

Cole kam aus dem Rhythmus. „Fuck, ich komm‘ gleich. Das ist zu gut.“

„Dann mach“, knurrte Daniel. Er spannte die Muskeln um Cole herum an, der seine Schulter fest genug umklammerte, um blaue Flecke zu hinterlassen, ehe er ruckartig erstarrte und aufstöhnte.

Atemlos klappte Cole über Daniel zusammen. „Mannomann", murmelte er mit feuchten Lippen an Daniels Rücken.

Da er auf allen Vieren war, konnte Daniel sich nicht selbst befriedigen, und sein Schwanz war so hart, wie er nur sein konnte. Cole konnte ihm auch nicht helfen; offensichtlich brauchte er seine gesunde Hand, um sich festzuklammern. Daniel wimmerte tief in der Kehle.

Keuchend stemmte Cole sich hoch und rollte sich unbeholfen auf dem Teppich auf die rechte Seite. „Auf den Rücken." Er drängte Daniel, sich hinzulegen, und sagte: „Schieb ihn mir rein." Dann beugte er sich vor und nahm Daniels Schwanz in den Mund.

Es war heiß und feucht und so *gut*. Daniel stöhnte und stieß die Hüften nach oben, und er brauchte nur wenige Stöße, dann zogen sich seine Eier zusammen und er kam. Lust durchfuhr ihn sengend heiß und ließ ihn erschauern, als er in Coles Mund abspritzte.

Cole schluckte, so viel er konnte, und etwas von Daniels Sperma quoll aus seinen Mundwinkeln. „Oh, fuck", stöhnte Daniel. Er hob die Hand und fing ein paar Tropfen mit den Fingern auf, und Cole leckte und lutschte sie ebenfalls sauber.

Schwer atmend sahen sie einander an und lachten. Cole schmiegte sich enger an Daniel und legte ihm vorsichtig seinen eingegipsten rechten Arm über den Bauch. „Fröhliche Weihnachten für uns.“

„Gott segne uns alle“, stimmte Daniel zu.

„Es ist sogar noch besser, als ich es mir vorgestellt hatte.“ Cole seufzte zufrieden und küsste Daniels Brustwarze. „Und ich habe mir im Lauf der Jahre viel vorgestellt. In vielerlei Hinsicht.“

Im bunten Schein der Lichterketten fiel Schnee draußen vor den riesigen Fenstern. Das Feuer knisterte neben ihnen, und sie waren still. Friedlich. Daniel zeichnete die Höcker von Coles Wirbelsäule nach. „Es sollte nicht so einfach sein.“

„Hmmm?“ Sein warmer Atem strich durch Daniels Brusthaare.

„Das hier, meine ich. Du und ich. Wir haben uns eben erst kennengelernt – naja, wiedergesehen. Aber erst vor ein paar Tagen. Wie kann sich das so richtig anfühlen? War ich einfach nur zu lange allein?“

„Hey!“ Cole piekte ihm mit dem Finger in die Seite.

„So habe ich das nicht gemeint.“ Daniel lachte. „Selbstverständlich bist du ganz toll.“ Er küsste Cole auf den Scheitel.

„Das stimmt. Wenn du nur unbedingt jemanden gewollt hättest, wärst du immer noch mit diesem Flachwichser zusammen.“

Daniel erschauerte. „Was bin ich froh, dass du ein Tollpatsch bist.“

„Das kam mir diesmal sehr gelegen.“ Cole prustete. „Kapiert?“

Sie hielten sich in den Armen und schüttelten sich vor Lachen. Daniel seufzte. „Es fühlt sich einfach richtig an mit dir. Ich kann's nicht erklären.“

„Vielleicht ist es ein Weihnachtswunder. Aber weißt du, bei meiner Tante und meinem Onkel ging es auch unheimlich schnell. Sie waren mit gemeinsamen Freunden beim Mittagessen. Ich weiß nicht mehr, warum. Aber irgendwann ist Tante Judy auf die Toilette gegangen, und Onkel Steve hat gesagt: , Das ist die Frau, die ich mal heiraten werde. ‘ Und das hat er auch. Sie sind seit Jahrzehnten zusammen und haben drei Kinder. Sie haben einfach gewusst, dass es passt.“

Daniel schluckte, weil er plötzlich einen Kloß in der Kehle hatte. Trotz der Wärme des Feuers rann ihm ein kalter Schauer über den Rücken. „Glaubst du, dass es passt? Bei uns?“

Cole schmiegte seine stoppelige Wange an Daniels Brust. „Ich glaube, es könnte wirklich so sein. Das werden wir vermutlich rausfinden.“

„Ja, vermutlich.“ Daniel starrte zu den fernen Balken der Kathedralendecke auf und grinste. Ein Holzscheit sprühte Funken, und er warf einen Blick zum Kamin. Dann zuckte er zusammen, als er sah, dass die Nikolausstrümpfe jetzt voll waren. „Moment mal, du hast Geschenke gekauft? Ich habe gar nichts für dich!"

Cole zuckte die Achseln. „Sind nur Sachen von hier aus dem Haus. Spoiler-Alarm: Ich weiß, dass du ein Auge auf diese Magentabletten hattest."

Lachend umfasste Daniel Coles Gesicht mit beiden Händen und zog ihn in einen Kuss. Oder zwei. Oder fünf. Zehn, wahrscheinlich. Er schnappte nach Luft und murmelte: „Nächstes Jahr schenke ich dir alles zu Weihnachten, was du dir nur wünschen kannst."

Mit leuchtenden Augen fragte Cole: „Nächstes Jahr, was?"

Wenn Daniel jetzt an seine Zukunft dachte – ja, da war Cole. „Auf jeden Fall."

„Darauf trinke ich. Hey, die Ärztin hat gesagt, ich sollte mir jetzt wieder ‚was gönnen können', wie sie es ausgedrückt hat. Ich geh' mal den Eggnog à la Mom einschenken, während du das Feuer schürst." Cole setzte sich vorsichtig auf und zog seine Schlafanzugshose hoch.

Vor sich hin lächelnd zog Daniel ebenfalls seinen Schlafanzug wieder an, wobei er immer mal wieder zu Yoda aufblickte. Dann ging er rasch noch ein paar Scheite holen, die draußen auf der Veranda neben dem

Whirlpool gestapelt waren. Die Flammen loderten wieder, als Cole mit zwei kleinen Gläsern voll dickem, cremefarbenem Eierpunsch zu ihm trat.

„Also, ihr Geheimrezept war Eggnog mit Amaretto gemischt. Vielleicht ist es ein bisschen übertrieben, das ein Rezept zu nennen." Er reichte Daniel ein Glas, und sie stießen miteinander an.

Daniel nahm einen kleinen Schluck. „Mmm. Ich find's lecker." Eigentlich war es pappsüß, und er mochte die Textur von Sahne nicht besonders, was mit ein Grund war, warum er noch nie gerne Eggnog getrunken hatte.

Cole kniff die Augen zusammen. „Du lügst wie gedruckt. Aber danke, dass du probiert hast." Er beugte sich vor und küsste Daniel sanft.

„Für dich tu' ich alles", sagte Daniel, und er wusste, dass es wahr war.

Epilog

Ein Jahr später

„COLE, DU HAST richtig Wunder gewirkt. Es gibt wahrhaftig Farbe in diesem Haus!", rief Claudia aus. „Und einen echten Weihnachtsbaum!" Sie betastete die frischen Kiefernnadeln.

Cole konnte nicht widerstehen. „Es ist umstritten, ob echte oder künstliche mehr Auswirkungen auf die Umwelt haben. Aber wir haben beschlossen, ein lokales Geschäft zu unterstützen, statt irgendeinen China-Import aus Plastik zu kaufen."

„Und der Duft ist unschlagbar." Sie atmete tief ein. „Euer Yoda-Engel ist wirklich drollig."

„Danke. Uns gefällt er." Der restliche Christbaum-schmuck war eine Mischung aus Star Wars-Elementen und traditionellen Glitzerkugeln und Schneeflocken. Die bunten Lichterketten und silbernen Eiszapfen schimmerten. Bunt verpackte Geschenke quollen unter dem Baum hervor, zu viele, um darunter zu passen.

„Oh, und der violette Teppich gefällt mir sehr gut", fügte Claudia hinzu.

Aus dem Büro am anderen Ende des Flurs rief Daniel laut: „Nur damit du's weißt, den Teppich habe ich gekauft, bevor ich Cole begegnet war! Na ja, bevor ich ihn wiedergesehen hatte."

Cole lachte. „Aber ich bin für die dunkelroten Geschirrtücher in der Küche verantwortlich." Er war im Sommer zu Daniel gezogen, und es kam ihnen vor, als wären sie schon ewig zusammen. Das Leben war manchmal höchst sonderbar, aber auf die bestmögliche Art.

Er fragte Claudia: „Bist du sicher, dass du nichts zu essen möchtest?"

„Nein, nein. Das Abendessen im Zug war erstaunlich gut. Ich bin wirklich froh, dass ich mir einen Platz in der ersten Klasse geleistet habe." Sie zwinkerte ihm zu und strich mit einer Hand über ihre perfekt frisierten braunen Locken. „Ich bin es wert."

„Auf jeden Fall. Übrigens, du siehst fantastisch aus."

Sie strahlte geradezu. „Danke, Schatz. Ich sage dir, das habe ich nur Pilates zu verdanken. Und Pierre."

Claudias neuer Freund war bereits nach oben und ins

Bett gegangen, aber Cole senkte trotzdem die Stimme. „Er sieht sehr gut aus."

„Nicht wahr?" Sie lächelte ihn an. „Ich glaube, er könnte der Richtige für mich sein."

„Das hoffe ich." Er hoffte es wirklich, wirklich sehr.

„Haben deine Tante und dein Onkel sich schon eingelebt?"

„Ja. Sie hatten einen langen Tag auf dem Herflug von Winnipeg, mit der Verzögerung bei der Zwischenlandung in Toronto."

Fröhliches Gelächter schallte aus dem Untergeschoss herauf, und Cole grinste. „Die Kids bleiben sicher viel zu lange auf und spielen Videospiele, aber sie sind gut gerüstet mit ihren Schlafsäcken."

Cole hatte nicht damit gerechnet, dass Tante Judy und Onkel Steve seine Einladung annehmen würde, die Feiertage in Ottawa zu verbringen, aber es war wunderbar, seine Familie um sich zu haben. Wenn Daniels Freundin Pam und ihre Lebensgefährtin morgen Abend zu Essen kamen, würden sie ein volles Haus haben.

„Heiligabend ist dazu da, um lange aufzubleiben", sagte Claudia. „Die kleinen Racker haben so viel Zucker intus, die brauchen gar keinen Schlaf."

Lachend nahm Cole sein vibrierendes Handy aus der Tasche und schaute auf das Display. „Mein Dad lässt grüßen und wünscht fröhliche Weihnachten.“

Sie lächelte. „Na, dann grüß‘ Bill mal zurück. Weißt du, dein Dad ist ein echtes Prachtexemplar, aber wenn ich nicht den Fehler gemacht hätte, ihn zu heiraten, hätten wir dich jetzt nicht in unserem Leben.“ Sie fasste Cole am Kinn und küsste ihn auf die Wange. „Ich hab‘ dich lieb. Schlaf gut und träum was Schönes.“

„Du auch.“

Als sie oben war, knipste Cole das Licht in der Küche aus und ging Daniel von seinem Schreibtisch loseisen. Sobald er das kleine Büro betrat, sagte Daniel: „Ich weiß, ich weiß. Ich komm‘ ja.“

Noch nicht, aber das wirst du noch. Cole stellte sich hinter Daniels Stuhl, spielte mit seinen Locken und spähte über seine Schulter nach dem Papierkram auf dem Schreibtisch. „Was kann denn nicht bis zum neuen Jahr warten? Das Büro hat seit heute Mittag geschlossen, oder?“

„M-hm.“ Daniels Stift kratzte über das Papier. „Ich habe einen neuen Personalbogen eingeführt und allen gesagt, dass der vor Weihnachten ausgefüllt sein muss. Will nur meinem Teil der Abmachung gerecht werden. Ich bin fast fertig.“

„Hey, hast du gehört, ob Justin schon einen neuen Job gefunden hat?“

Daniel blickte auf und versuchte, nicht zu lächeln. „Noch nicht. Wie sich gezeigt hat, ist es schwierig, eine neue Stelle zu finden, wenn man bei seinen Qualifikationen lügt und mies in seinem Job ist.“

„Hätte keinem besseren Arschloch passieren können.“

Als Daniel schmunzelte und sich wieder dem Formular zuwandte, massierte Cole ihm den Nacken und sagte: „Du sollst in unserer Jahreswoche eigentlich nicht arbeiten.“

„Jetzt ist es also eine ganze Woche, hmm?“

„Ja. Das ist ein neuer Trend.“

Daniel grinste. „Weißt du was? Du hast Recht – das hier kann warten.“ Er schob die Papiere zu einem ordentlichen Stapel zusammen und legte sie beiseite. „Gehen wir feiern. Ganz leise.“

„Und anders als letztes Jahr habe ich zwei brauchbare Hände. Und weiß sie zu nutzen.“

„Ist mir wohl bewusst.“ Daniel schob seinen Stuhl zurück und stand auf. Er küsste Cole innig und drückte ihn an sich. „Ich liebe dich.“

„Ich dich auch. Vielleicht können wir nächstes Jahr wieder nach Tremblant fahren. Du, ich, ein Whirlpool.“

„Abgemacht. Wir wechseln ab. Ein Weihnachten mit der Familie, eins in unserem privaten Chalet.“ Er zog

Cole um den Schreibtisch herum und hinaus in den Flur. „Oh, warte mal. Ich brauche mein Ladekabel. Will sichergehen, dass ich morgen früh Fotos machen kann."

„Ich hole es. Geh du schon mal rauf."

Cole lief rasch nochmal ins Büro und schaltete das Licht ein. Das Kabel steckte im Laptop, und er ging hinter den Schreibtisch und steckte es aus. Dabei warf er einen Blick auf das Formular, das Daniel ausgefüllt hatte.

Eine Zeile fiel ihm ins Auge. Er grinste auf dem ganzen Weg nach oben, das Herz voller Freude.

Im Notfall bitte kontaktieren: Cole Smith, Lebenspartner, 345-555-555

Ende

Über die Autorin

Keira strebt in ihren schwulen Liebesromanen nach der perfekten Mischung aus Charakter, Handlung und Leidenschaft. Sie schreibt alles Mögliche, von abenteuerlichen Piratengeschichten bis hin zu herzerwärmenden Weihnachtsromanzen. Ihre liebsten Genres sind Enemies-to-Lovers, Altersunterschied, erzwungene Nähe und leidenschaftliche erste Male. Und obwohl sie ihren Protagonisten weder Herzschmerz noch Drama erspart, garantiert Keira immer ein Happy End!

Mehr unter:

keiraandrews.com